MELISSA

一目惚れと言われたのに
実は囮《おとり》だと知った伯爵令嬢の三日間
2

千石かのん

Illustrator
八美☆わん

この作品はフィクションです。
実際の人物・団体・事件などに一切関係ありません。

一目惚れと言われたのに
実は囮《おとり》だと知った伯爵令嬢の三日間 2

MELISSA

序章　赤い薔薇のブローチ

オーデル公爵家に晴れて嫁としてやって来たグレイス・クレオール・ラングドンは、とにかく変わった女性だった。本日も自分の記事が載っている新聞を見て、くっきりと眉間に皺《しわ》を刻んでいる。

「どうかしたのかな、わたしの奥さんは」

午後の光の差し込む、ラングドン邸《ハウス》のリビングで、ソファの座面に足を引き上げて抱え込み、広げた新聞を眺めていたグレイスは、夫の声に顔を上げた。

「おかえりなさいませ、アンセル様」

丁寧な言葉とは裏腹に、妻は不機嫌そうな表情だ。その様子にアンセルが片眉を上げる。

「何か面白くない記事でも載っているのかい？」

議会での無駄な討論をさっさと切り上げ、紳士クラブにも寄らずに真っ直《す》ぐ帰ってきたアンセルが、妻をひょいっと抱き上げて座り、自分の膝に降ろした。ちゅっと額にキスを落とす彼に、しかしグレイスはそのへの字口を元に戻すことなく呻《うめ》き声を出した。

「ここに、私のファッションについて書かれてるんですけど」

「どれどれ」

紙面を彩る沢山の話題の中に、社交界でのゴシップを扱った欄がある。その中に、O公爵夫人の華麗なる衣装遍歴、と題されてとある舞踏会での服装が書かれていた。

ざっと目を通し、アンセルはオーデル公爵夫人としか読めない、ミルクティ色の髪に、綺麗《きれい》な冬空のような灰色の目を持つ妻の、その服装に関する記事が比較的好意的なことに首を傾《かし》げた。

「全体的に素敵だった、で締めくくられているが……何が嫌なんだ？」

自然と、彼女のまとめ髪に指を差し込んで柔らかく撫《な》でていると、こて、と首を傾げるようにして凭《もた》れかかり、アンセルの首筋に額を押し当てたグレイスが、更に不服そうな声を出した。

「……胸元に生花の薔薇《ばら》を飾り、ってあるでしょう？　あれ、宝石類は絶対に落とす自信があるから、庭から適当に薔薇を切って宝石の代わりにしたの」

後から庭師に凄《すご》い叱られたのよ？　と唇を尖《とが》らせるグレイスに、アンセルは吹き出しそうになった。

「それを絶賛されるこの……複雑な気持ち、わかります？」

じとっと紙面を睨《にら》みつけるグレイスの、その小さな貝のような耳に唇を寄せ、アンセルが低い声で甘く囁《ささや》く。

「だから言っただろう？　ちゃんと我が家の宝石類をつけてほしいって」

「でもあんな、ダイヤとサファイアとオパールを組み合わせたような、それだけで新型の農耕機が二台くらい買えそうなネックレスなんかつけられません！」

私は粗忽《そこつ》者で通ってるんですよ!?

そんなことを自己申告する令嬢など知らない。本当に、グレイスといると毎日が新鮮で世界が変わって見えると、アンセルはうっとりと妻を見つめた。

「でも君が生花の薔薇をブローチにしたおかげで、名家の薔薇は無残にも切り取られ、著名な庭師達が頭を抱えることになりそうだぞ？」

　くすくす笑って告げるアンセルに、グレイスはふん、と短く鼻を鳴らす。

「そして著名な庭師達に私がうらまれるのですよね……知ってますぅ」

　ぷうっと膨れるグレイスの、そんな打ち解けて拗《す》ねている表情を見ることができる奇跡に、アンセルは神に感謝したくなった。貧乏伯爵家の出であるグレイスは、植物学に傾倒する父に代わって領地と屋敷を切り盛りしていた。そのせいで、なんでも自分一人でやろうとする癖がある。つまりは甘え下手なのだ。

　その彼女が夫であるアンセルにはこうして、素直で可愛《かわい》い、甘えたな表情を見せてくれるから……ああたまらない、とそう思うのだ。

「それは君が有名人なのだから仕方ないと思うが？」

「有名人なわけではありません。物珍しがられてるだけです」

「そんなことないさ。みんなグレイスに興味があるだけだ」

　頬やこめかみ、鼻の頭にとキスを落としながらアンセルはゆっくりと身体《からだ》を倒す。

　柔らかな座面に背中がついたところではっとグレイスが気付いた。

　見上げれば、上着を脱いでウエストコートとシャツになった夫が、グレイスを甘く見つめながらネクタイを引き抜いている。どきん、とグレイスの鼓動が跳ね上がった。午後も遅い夏の、その白い日差しの下でアンセルが妖しく笑い――って、午後の光？

　はっと視線を転じ、グレイスはまだ世界が真昼間であることに気が付いた。

「ま、まま、待ってください、アンセル様！」

思わず両手を持ち上げれば、その手を掴《つか》んだアンセルが、あっさりと彼女の頭上に両手首を縫い留める。

「待たないよ」

続く反論を飲み込むように口付けが落ちてきて、あっという間に甘い舌がグレイスのそれを誘い出す。すり、とアンセルの親指がグレイスの脈打つ手首の血管をなぞり、ぞわり、と腰の辺りを重い疼《うず》きが駆け抜けた。上顎や歯列の裏をなぞられて、グレイスの喉から甘い声が漏れる。

気付けば夢中でアンセルの舌に応えていた彼女は、やがて完全に彼に堕《お》とされてしまった。

濡《ぬ》れた音を立てて唇が離れ、熱のこもったぽやんとした眼差《まなざ》しで夫を見上げる。そんな妻の様子にアンセルがたまらない、とグレイスの首筋にかじりついた。あっ、と短くグレイスから声が漏れる。

「そうだな、グレイス。わたしも噂《うわさ》ばかり独り歩きする社交の場に出るのは嫌だな」

その一言に、二人の脳裏を結婚式までの最後の三日間が過《よぎ》った。

花嫁のグレイスは、花婿のオーデル公爵こと、アンセル・ラングドンが自分と結婚するのは、公爵家に嫌がらせを繰り返す輩《やから》を捕まえるための囮《おとり》だったと勘違いしていた。それはもうトンデモナイ勘違いだったのだが、その誤解を解くために、アンセルの弟からグレイスの侍女、探偵などを巻き込んでの大騒動に発展したのだ。その間に、社交界では面白くない噂も流れたので、二人とも社交界に顔を出すのをあまり楽しみにしてはいなかった。

細い首筋をきつく吸い上げられ、グレイスは全身から力が抜けていくのがわかった。くったりと腕の中に沈み込み、自分を撫でる大きな掌《てのひら》に身を委ねていると、スカートの裾からその手がそっと滑り込んできた。ゆっくりと太腿《ふともも》を撫でられ、おまけに耳殻に押し付けられた唇が甘い言葉を囁く。

「それに、あんな連中にこんなに綺麗で可愛い妻を見せたくない。だからこうして」

ゆっくりとグレイスの膝が割られ、脚の間にそっと彼の腰が割り込んでくる。

「わたしの腕の中にだけ閉じ込めておこうかな」

「だ、だめです、アンセル様……誰か……人が……」

「うん。だから声、我慢するんだよ」

「そ、それって解決になってません！」

悲鳴のようなグレイスのセリフに、アンセルは数度瞬《まばた》きをし。

「そうかな？」

「そうです」

睨みつけるグレイスから視線を逸《そ》らすと、考え込むように天井を見上げた。――後《のち》。

「では、君が薔薇の花をつけて舞踏会に出なくても済むよう、今ここで対策を取ってあげよう」

それならいいだろう？　と妖しく笑う夫に、グレイスは目を瞬《しばたた》いた。あることないこと言われるのには正直うんざりしていたし、そこに参加しなくて済むのならば、その対策とやらをやってみてもいいかもしれない……そう考えたグレイスだったが、このあと激しく後悔することになる。

肌に沢山の赤い華を咲かされたのは仕方ないにしても、まさか一歩も歩けないような事態になるなんて――この時の彼女は夢にも思っていなかったのであった。

1　契約成立

きらきら、くるくる、ふわふわ。

天井から降り注ぐシャンデリアの灯《あか》りが、ぴかぴかに磨かれた舞踏室《ボールルーム》の床に反射し、光が洪水のように溢《あふ》れている。

そのきらきらの床の上を、軽い絹の靴を履いた上品な令嬢と、ぱりっとしたスーツの紳士が滑るようにワルツを踊っていた。ターンを決める度に、身体《からだ》に添うように落ちているドレスのスカートがふわふわ揺れる。

フォアド伯爵家の舞踏会は、そんないつもの光景が延々と繰り返されていた。

その舞踏会の片隅で、不意に「フォアド伯爵と言えば……」と誰かがひそひそ話を始めた。

「ご令嬢がいらっしゃいましたよね、不幸な」

「そうそう、嫁いだ先で旦那さんが急逝して」

「まだお若かったのに突然未亡人になられたのよね」

「そのうえ、事業に失敗していたらしくて借金まみれだったとか」

「結局どうなりましたっけ？　ご実家に帰られたの」

「確か噂《うわさ》がありましたよね？　彼女の可哀想《かわいそう》な境遇に、旦那様のご友人で今をトキメクあの方が……」

そこでぴたりとひそひそ話が止まった。

(今をトキメクあの方って、誰?)

本日、めでたく舞踏会で壁の花を決め込み、ケーキの乗った皿を手にしてもくもくと食していたグレイスは、何とはなしに聞いていた噂話の、その肝心な部分を確認するようにちらりと隣に視線をやった。

その瞬間、壁際で固まり、扇でぱたぱたと顔を仰いでいた五十代くらいのおば様連中のほぼ全員とばっちり目が合う。

(げ)

こっそり聞いていたのがバレたのか。

じいっと注がれる視線に、グレイスは過分に引き攣《つ》ってはいるがにっこりとした笑顔を返した。それから、「どうぞどうぞ、わたくしにはお構いなくぅ。お話の続きを存分にドウゾ」と反射的に答えようとした——まさにその時。

「あの!」

背後から声をかけられ、グレイスは驚いて振り返った。そこには自分とそう歳《とし》の変わらない、綺麗《きれい》な金髪にブルーの瞳の女性が緊張した面持ちでこちらを見ていた。

「もしかして……レディ・オーデルでしょうか?」

途端、グレイスの顔がやや曇った。実はその名称に辟易《へきえき》しているところなのだ。

今までのレディ・グレイスとしての社交界人生は、終日壁際で過ごすものと決まっていた。デビューしたての頃はまだ、社交界から概《おおむ》ね良好に受け入れられていた。だが思ったことが素直に口から出てしまう考えなしな性格と、貧乏伯爵令嬢だったために、やたらと市場価値に詳しく、妙に庶民的だったおかげで、紳士淑女の皆様と会話がかみ合わないことが多々あった。

それだけならまだしも、とある舞踏会で「美味《おい》しくない」という理由で庭先にケーキを捨てている若い貴族に遭遇した際、そのケーキを作るのにどれだけの材料が使われ、その中の砂糖がどれくらい高価で、それを捨てるなんて勿体《もったい》ないお化けが出る！　と勢い込んでお説教をしてしまった。

以来、『東洋かぶれの嫁《い》き遅れ』のレッテルを張られ、時折向けられる彼らからの視線の大半は、奇人変人を見るようなものばかりとなってしまった。

それが何の因果か、最優良花婿候補として社交界に知れ渡っていたオーデル公爵ことアンセル・ラングドンに一目惚《ひとめぼ》れをされて、紆余曲折《うよきょくせつ》の三日間の後に結婚までしてしまうと、話は変わってくる。

遠巻きに見られるだけだったグレイスの社交界ライフはがらりと様相を変えた。

今まで見向きもされなかった伯爵令嬢・レディ・グレイスが、今やお近づきになって、彼女が主催されるお茶会に出席、あるいは自身が主催する数々の催しに出ていただきたい貴婦人ナンバーワンになってしまったのである。

秒速の掌《てのひら》返しに、社交界とは現金なものだとつくづく思い知ったグレイスは、最低限の付き合いだけしようと心に決めて、いつまでもいつまでも送られてくる招待状のほとんどをスルーした。

何せ、夫婦揃《そろ》って出向いた先で、「華麗なる逆転劇を制し、超人気公爵を射止めたレディ・オーデルこそ流行の最先端」と認識され、パーティでのファッションやら立ち居振る舞いやら公爵とのあれやこれやを子細にゴシップ誌に書き立てられ、次に出席した舞踏会では、グレイスが適当に選んで胸につけた生花の薔薇《ばら》が爆発的人気を誇っていたりしては恐怖しか感じないだろう。

そのことを夫のアンセルに訴えた際に、ならば行かなくて済むようにしようとキスマークだらけの動けない身体にされたのは……思い出しても居た堪《たま》れない出来事だ。そもそも貧乏だったグレイスは「ドレスなんぞ着回しで十分」という信念の持ち主で、十数年前のドレスをいかにそうは見せないか、というファッションセンスしかない。一点ものの首飾りや指輪の独特なデザイン、素敵を通り越して奇抜にしか見えない髪型やアシンメトリーなスカートに対する独自の見解など持ち合わせていない。

そんな風に、素晴らしいお洒落《しゃれ》上級者が存在する社交界で自分の「テキトーファッション」を取り沙汰されては、絶対どこかでお里が知れると喜ぶどころか心の底から青ざめるというものだ。

というか、自分のファッションセンスを取り上げるくらいなら、もっと別に語るべきことがあるだろう。

そんなこんなで不信感と嫌気がマックスになったグレイスは、元から得意ではない社交のほとんどを断り、アンセルといちゃいちゃらぶらぶして暮らそうと心に決めた。

アンセル様……私、このままずっとこうしていたいです。

そのグレイスの一大決心を告げる発言は、下世話な話だがアンセルがグレイスの中に物理的にまだ「いる」時に放たれたものだった。時と場合と空気が読めないグレイスのこの発言に、夫のアンセルが一も二もなく了承するのは当然というものだろう——もちろん誤解は解いた。その後三日くらい熱烈に愛されたが、ちゃんと勘違いを訂正した。いや、半分は勘違いというわけでもなかったが。

だがこの判断がますます、アンセルとグレイスの二人を招待できれば各方面に自慢ができるというレアキャラ度を増す結果となってしまったのである。

そんな、招待を選ぶまでになったグレイスが訪れている、フォアド伯爵家主催の舞踏会。

今回これに出席したのは珍しくアンセルが推奨したからであって、自分としては一生ワルツなんぞ踊らなくても結構だ、という心境だった。そのため、一通り挨拶回りを終え、アンセルが目当ての人物を探しにどこかに行っている間、グレイスは従来通り「自分のスタンス」を貫こうと決めていた。

つまり、周囲から気配を消し壁の花――というより壁の一部と化すことだ。

アンセルさえ傍《そば》にいなければ、それが十分に可能だと知ったグレイスは、このステルス能力をいかんなく発揮し、今まで通り心落ち着く壁際のベンチに腰を下ろし、ケーキやらアイスやらローストビーフやらを食することに専念していた。

そうだ。自分にファッションのことを聞くよりも、どこの家のお食事が美味しかったかを聞いてくれた方が絶対に実りがあるというのに。いくらでも語れるよ。

今日だってこの、絶品シフォンケーキについて語れる。惜しみなく使われた卵と牛乳がふわっとしているのに、口に入れるとしっとり蕩《とろ》ける感じがなんとも言えない美味しさで……。

「お初にお目にかかります、公爵夫人《ユアグレイス》」

そんなあらぬ方向に流れかかるグレイスの思考を元に戻したのは、目の前で背筋を正して立つ令嬢だった。

日の光を集めたような、濃い金色の髪は、瞳と同じ澄んだ青空色の宝石が散りばめられた銀のバンドで留められている。だが、相当な癖毛なのか、辛《かろ》うじてまとめていると言った風体で、所々崩れそうになっていた。ぴょいっと飛び出している毛束の一端がくるん、と丸まっていることからも推して知るべし、だ。

大きな瞳は丸く、好奇心旺盛な様子を表すようにきらきらしていた。そしてそれらを補ってあまりある、透き通るような白い肌。

グレイスは彼女を知っていた。

話したことはなかったが、今まで「ハートウェル貧乏伯爵令嬢・レディ・グレイス」として参加してきた舞踏会やパーティで同じように壁の花だったレディだ。

名前は確か……。ええっと……。

「確かエッセル伯爵のお嬢様で……」

「シャーロット・リンゼイと申します」

エメラルドグリーンのドレスの裾を摘まんで会釈をする彼女に、グレイスも慌てて礼を返した。

だがその彼女が一体なんの用でここに……？

今までは距離を置いて、二人ともお一人様を楽しんでいた。関係性と言えば、時折目が合ってお辞儀をする程度。そうすることでなんとなく「壁の花」として通じるものがあった。だから、こんな風に話しかけられるとは思ってもいなかったのだ。

唐突にどうしたのか、自分が急に公爵夫人になったから不安になったのか、だとしたら安心してほしい。自分は今後も「壁の花」を極めるつもりだ。

いや違う。壁の壁を目指す気だ。ステルス能力に磨きをかけ、目指すのは東洋の忍者だ。くのいちだ。

そんなグレイスの心中を知ってか知らずか、緊張した面持ちで一歩前に出たシャーロットは「失礼します」とグレイスの手首をぱしりと取った。

「え?」

そのままぐいっと引っ張りすたすたと歩き始める。

彼女は、年齢こそグレイスとそう変わらないが、どこか世の中全てを見通しているような雰囲気を持っていた。無造作な髪形に、達観した表情。感情をあらわにしない冷静で落ち着いた振る舞いと、流行の型にとらわれない緑一辺倒のドレス。そんな独特な装いが、周囲から彼女を遠ざけ、そして彼女もそれを良しとしているのだと、グレイスは感じていた。

そのシャーロットが、不本意ながら人気ナンバーワンに祭り上げられたため、どうにかして隠れていたいグレイスの手を引いて、どこかに連れて行こうとする。目立ちたくない彼女としては、一番関わり合いになりたくない相手がグレイスのはずなのに。

そんな首を捻《ひね》る彼女を連れて、シャーロットはそそくさと舞踏室を横切ると、隅に据えられていたアルコーヴにグレイスを押し込んだ。束ねられていたカーテンをさっと下ろす。

そして、グレイスの手を掴《つか》んだまま、居心地のいいベンチに並んで腰を下ろした。

「――ええっと……レディ・シャーロット……これは……」

「ご無礼をお許しください、公爵夫人。少しお話をさせていただけませんか?」

甘やかな声からは想像もつかないような早口で、しかもきびきびと言われてグレイスは目を丸くした。こういう話し方は嫌いじゃない。むしろ好きな方だ。目を見張るグレイスとは対照的に、やや緊張した面持ちでシャーロットが続ける。

「実は、いままで特に貴女《あなた》に話しかけようという気はありませんでした。同じ壁の花なんだなって、そう思うだけで積極的に関わろうとは思ってませんでしたし。ですが状況が変わりました」

ぐいっと身を寄せるシャーロットに、グレイスはふむ、と顎に手を当てた。

「その状況の変化って……私がオーデル公爵夫人になったことを指してる？」

途端、勢いよくシャーロットが頷《うなず》いた。

「物凄《ものすご》く」

「――何故《なぜ》？」

眉間に皺《しわ》を寄せて尋ねるグレイスをシャーロットがきらきらした眼差《まなざ》しいっぱいに映す。

「それは、オーデル公爵夫人が私の運命の恋人に間違いないと、水晶占いの果てに導き出された男性のお身内になられたからです」

ハイスピードの一呼吸で言われた、情報量の多すぎる内容にグレイスは目を白黒させた。

「ええっと……それって……もしかして……」

「是非私とお友達になって、公爵夫人の義理の弟であるケイン様の情報を私にお教えください！」

ぎゅっと手を握って告げられたその一言に、グレイスの目が点になった。

「……それはつまり……レディ・シャーロットは」

「シャーロットで結構です、公爵夫人《ユアグレイス》」

「じゃあ、シャーロット。つまり……あなたは占い師の助言で勝手にケインを運命の恋人だと思って」

「勝手に、ではありません。由緒正しい魔法の水晶によって導き出された、唯一絶対の恋人です」

……由緒正しい、魔法の水晶？

その単語に嫌な予感しかしない。そもそも魔法の水晶にどんな由緒があるというのか。だがシャーロットはその美しく、きらきらした眼差しをうっとりと彼方《かなた》に彷徨《さまよ》わせてほうっと溜息《ためいき》を吐《つ》いた。

「あれは今から六年前……十五の誕生日に、我が家にやって来た占い師が、私のこれからを見通してくださいました。その中で、私には前世で悲劇的な別れをした男性がいて、現世で運命的な再会をすると言われたのです」

そう語る口調は、先程のきびきびした早口とは打って変わって夢見るようにうっとりしている。にわかには信じられない占いの内容だが、グレイスは危機管理の観点から口をつぐんでいた。下手な刺激はよろしくない。そんな押し黙るグレイスに気を良くし、シャーロットは立て板に水で話し続ける。

「十五歳だった私は、夢に夢見るお年頃だったのです。きっといつか、雷に打たれたような衝撃の果てに、運命的な出会いがやってくると心の底から信じていました。前世の恋人ですよ？　わからないはずがない。こうして時が流れ、たくさんの社交行事に参加し続けました。ですが、どういうわけかその電撃を受けることはありませんでした」

ふっと悲しげにシャーロットが目を伏せる。夢打ち砕かれた純粋な乙女がそこにいた。

「私には前世などなく、単なる普通の令嬢なのだと気付いてから、毎日が色あせて見えました。そんなすっかりやる気をなくしていた一年ほど前。ついに私は衝撃的な出会いをしたのです！」

うっとりした口調が再び元に戻り、シャーロットがデュフフ、と謎の笑い声を上げた。

「彼を目にした瞬間、身を燃やし尽くしそうな炎が全身を駆け巡りました」

運命的な出会いをしたとある舞踏会。彼は遅れてやって来て、ちょうど帰ろうとしていたシャーロットと玄関ホールですれ違った。その時、彼女の首から下がっていたペンダントの鎖が切れて石が落ちた。それを何気なく拾って手渡してくれた時に、宝石を通して衝撃が伝わってきたのである。

「それは占い師が運命の相手を教えてくれるアイテムとして購入を勧めてきたペンダントだったのですが、まさか本当に力を発揮するとは思っていませんでした」

半信半疑だったのですが、今では家宝にしようかと思っているんです、と頬に手を当てて、ほうっと溜息を吐いてそう語るシャーロットに、グレイスは複雑な笑みを浮かべた。

それは本当に水晶の導き――なのだろうか。……静電気じゃなくて。

「以来私は遠くからケイン様を眺め、いつかお話しできないだろうかと虎視眈々《こしたんたん》と機会を狙っていたのであります」

そうしているうちに、ケインの兄、オーデル公爵が壁の花と電撃結婚をした。それはまさに、シャーロットにとって千載一遇の機会《チャンス》となった。

「グレイス様は私と同じ壁の花で、煌《きら》びやかな装いで社交界を蝶《ちょう》のように舞う貴婦人とは少し違っていらっしゃる。私のような人間が話しかけてもきっと邪険にはなさらない。そう確信したのです」

ぎゅっと両手を握り合わせ、目をうるうるさせてこちらを見上げるシャーロットに、グレイスはうっと言葉に詰まった。過程はどうあれ、シャーロットがケインになみなみならない感情を抱いているのはよくわかった。ずっと……ケインを観察していたらしいことも。

だが、公爵家の皆様はアンセルも含めて美形が多い。見も知らない相手に恋慕を抱かれることは多いだろうし、実際ストーカー被害などもありそうだ。そんな状況で、相手の思い込みによる一方通行を自分が増長させていいのか……。そもそも壁の花である、ということしか知らない相手にほいほいと身内であるケインを紹介していいとは思えない。

苦い顔で考え込むグレイスの沈黙に、しゅん、とシャーロットの肩が落ちた。

「……やっぱりそうですよね、私のような海の物とも山の物ともしれないストーカーをご家族に紹介、なんて常軌を逸してますよね」

「い、いえあの……そ、それは……」

「ちょっとお調子者だけど公爵家に忠誠を誓っている、行動力とツッコミに切れのある、社交界でお兄さまの次に人気のあるケイン様に紹介などとてもとてもできませんよね……」

「や……そ、そういうことでもな」

「ですが、お願いいたしますッ！　他にもう頼める方はいないのです！」

きっぱりと告げてしゅたっと立ち上がり、シャーロットは床に降りると額をブチ当てる勢いで土下座をした。

「それ気軽にやったらダメなヤツーッ！」

「ですが私ももう今年で二十二です！　ごり押しされる縁談を受けるしかないのかと諦めていた矢先に出会えたケイン様への尽きることのないこの愛情を、どうか……どうかケイン様に伝えるだけでもさせていただけませんでしょうかッ」

後がない、と必死の形相で顔を上げたシャーロットにグレイスの心臓が痛む。

「このまま引き下がるには、私の心が納得しません。だからどうか、公爵夫人、お力を！」

ドレスの裾を床に広げ、こちらを見つめるシャーロットに、グレイスは唇を噛《か》んだ。

「力を貸すって、でもどうやって？」

「ケイン様の動向を教えていただきたいのです。今日はどこに行ったとか、明日はどこに行くとか、とにかく彼に接近しないことには話は始まりません」

「──接近してどうするわけ？」

「私の思いのたけをぶつけます！」

いたって真顔で告げるシャーロットに、グレイスは呻《うめ》き声を上げる。彼女の表情はどこまでも真っ直《す》ぐで純粋で、嘘《うそ》や偽《いつわ》りを言ってるようには見えない。だが、彼女が信用に足る人物かどうかと言われると疑問だ。

公爵家では色々大変なことがあった。特にグレイスが公爵と結婚するまでの三日間には、それはもう色々とあったのだ。その時主に夫を助けてくれたのがケインだった。その彼に幸せになってほしいと思うのは当然だろう。

（どうしたらいいのかしら……）

「もちろん、ただでケイン様の情報を貰おうとは思っておりません」

「え？」

ただではない？　ただではない……とはどういう意味だ？

「私はこの一年の間に、ケイン様の情報を得るために公爵家の皆様について色々調べ倒しました」

「……はあ」

「もしもグレイス様がお望みならば、私が溜《た》めに溜めたとっておきの公爵様情報をお渡しいたしますがいかがでしょう」

溜めに溜めた、アンセル様の情報？

「公爵様の議会での発言から、ご学友に語られた名言まで、幅広く取り揃えております。あ、ちなみにケイン様の情報の三分の一程度ですが、そこはご了承ください」

「どうやって入手したのよ!?　それになんか凄そうな内容ね……」

「さあ、いかがなさいますか!?」

そう、必死の形相で身を乗り出す、社交界で理想とされる金髪碧眼《へきがん》の彼女を、グレイスは美しく、でも時には厳しい冬の灰色の空のような眼差しでじっと見つめた。それから、ぎゅっと握り締められているシャーロットの手を取ってふわりと包み込んだ。

「あのね、シャーロット」

「はい」

「私ね、アンセル様と結婚する時に学んだことがあるの」

「……はい」

背筋を正すシャーロットに、グレイスは苦笑しながら続けた。

「誰かのことを、他人から聞いてはいけないってこと」

ぎくり、と彼女の背筋が強張《こわば》った。それを気にするでもなく、グレイスはたははは、と情けなく笑うと先を続けた。

「私ね、結婚前にアンセル様と面と向かって話し合わなかったせいで、トンデモナイ勘違いをして、物凄いすれ違いを起こしたの」

笑い話だが、あの時は本当に必死だった。

「……確か、お二人の婚約が発表された時に、この結婚には裏があると噂が流れてましたね。グレイス様は公爵家に寄せられた嫌がらせを回避するために選ばれた花嫁だって」

借金返済と引き換えに便宜的に選ばれた花嫁である……それがグレイスだという噂だ。

「でも今、そんな話を信じる人なんかいませんよ？　ワルツはお互いしか踊らないし、パートナーを交換していくダンスにはお二人は参加しませんし。それに、この間出席された舞踏会では一時間半以上姿が見えない事案が」

「解説どうもありがとう！」

真っ赤になってシャーロットの口を押さえる。あの時のことは反省している。でも後悔はしていない。ただ鉢合わせしたメイドさんに意味深な視線を送られた時の居た堪れなさは覚えている。

もがもがするシャーロットにずいっと顔を寄せて、グレイスは話を元に戻すように割と大きな声を出した。

「そういう風にッ！　お互いがお互いを信頼できるようになったのは、彼自身の言葉で彼のことを話してもらったからなの」

　真剣な表情でそう告げる。手を離すと、シャーロットが神妙な顔でこちらを見上げていた。

「……つまりは、誤情報かもしれない他者からの進言は信用するに値しない、故に受け取らない、ということでしょうか」

「……そこまで堅苦しく言われると違う気がするけど……まあ、でもそうね。他者の言葉には少なからずその人の主観が入っていて真実ではないから。そういう情報ばかりを求めるのは違うと思う、ってことね」

　それに、とグレイスはゆっくりと立ち上がった。ぺたん、と床に座っていたシャーロットが眩《まぶ》しい物でも見るような表情をした。

「知りたいことはアンセル様に聞くようにしてるから」

　だから、と腰を屈《かが》めて、グレイスはシャーロットの額に人差し指を押し当ててつん、とする。

「交換条件なんて不要です。ただ、どこに出かけたとか毎日の動向を逐一報告はできないけど、舞踏会とか夜会とかで、ケインと接近できるようなチャンスを作ってあげるくらいは手助けできると思う」

「でも……ケイン様がどの夜会に出られるのかわからないと――」

「運命なんでしょ？」

背筋を伸ばし、グレイスは腰に手を当ててにやりと笑う。

「だったら自分の直感を信じてはいかが？」

これは嫌だと心が訴えることを無視してはいけない。ここは行けと囁《ささや》く声を信じて悪いこともない。自分で選んだことなら、後悔も失敗も自分の責任だ。まずは、そこから。

その後トンデモナイことになったとしたらそれは――まあ、そのなんだ。それも含めて人生だ。

「グレイス様……」

「とにかく頑張って。どこかの夜会で出会ったらきっと手助けしますから」

そう笑顔で告げて、グレイスは背筋をしゃんと伸ばしてアルコーヴを出た。颯爽《さっそう》と歩きながら、我ながら良くやったと自分を褒めたくなる。これってちょっと公爵夫人ぽくない？

（それにしても……レディ・シャーロットがあそこまで変わった人だとは思わなかったなぁ）

触れた宝石に電気が走って……なんて本当にあるのだろうか？

そこでふと思い出したのは、レイドリートクリスタルと呼ばれる、レイドリート王国で産出される不思議な力が詰まった宝石のことだ。あれには何か、トンデモナイ力があるとアンセルが語っていた。公爵家に嫌がらせをしていた犯人も、己の狂気を高めるためか違うのか、その宝石を手にしていたという。

（その水晶ってまさかね……）

だが果たして、輸入困難なそれを占い師が持っていて、十五の小娘に売りつけるだろうか？　いやでも伯爵家に取り入っていたならもしかして……とグレイスはううむ、と考え込む。

金髪碧眼とはいえ、シャーロットは理想的な令嬢からは程遠い存在だった。だが悪い人ではない。むしろ、なみなみならぬケインへの恋慕をどうにか貫こうとする姿勢には好意すら覚えた。なのでケインには申し訳ないけれど、グレイス個人としては応援したい。

そんなことをつらつら考えながら、再び自身の定位置たる壁に戻ろうとして、ふとグレイスは舞踏室《ボールルーム》に流れるなんとも不可解な雰囲気に気が付いた。

（ん？）

どことなくざわついているし、なんとなく空気がふわふわしているような気がする……でも一体何故？

ほとんどの視線が部屋の中央に注がれていることに気付き、グレイスは己のステルス能力をいかんなく発揮し、忍び足でそうっとフロアを端から端へと移動した。談笑する人混みの隙間から、ひそひそざわざわの正体を探ろうとする。

きらきら、くるくる、ふわふわ。

床を滑るように移動する軽いステップ。腰に回された力強い腕。しなやかに反る背中。一組のカップルが完璧なターンをするのを見て、グレイスの唇からほうっと溜息が漏れた。艶《あで》やかで鮮やかなブルーのドレス。バッスルで持ち上がっている、腰の後ろで豪華に束ねられたスカートの裾がふわりと翻った。釣られるように、金糸で縁取りされた白いサッシュがひらりと舞い上がる。日の光を集めたような髪を美しく結い上げ、銀と青の髪飾りがきらきら光り、首筋に添うように下がっているイヤリングの、柔らかなアールが揺れた。

思わず見惚《みと》れるような、まさに完璧ともいえる様相のレディを抱えているのは、黒い衣装に黒のウエストコートを着た黒髪の人物で……。

(――――え?)

「ほうら……ご覧になって。やっぱりあの二人、怪しいと思ってましたの」

「でも、レディ・アマンダは再婚されたのでは?」

「二人とも既婚者になってからこそ、本当の愛が始まるのよ」

グレイスが聞いているとも知らず、近くのマダムグループから忍び笑いが漏れる。

「むしろ、現在の配偶者とは隠れ蓑《みの》なのでは?」

「あり得ますわね。だって、レディ・アマンダの旦那様は宝石で財を成した方でしょう? 対して公爵の奥様は例の……」

「ええ、大穴の……」

「東洋かぶれの嫁き遅れの……」

自分の身体が、先端からどんどん冷たくなっていく気がする。目の前の映像が歪《ゆが》み、背中を嫌な汗が伝っていくような気もする。

(ええっと……)

不意に目の前にいた集団が横にずれ、一直線に大注目のカップルの姿が目に飛び込んできた。

一人は件《くだん》のブルーのドレスに金髪の女性。

そしてもう一人は。

穏やかなダークブルーの瞳に、踊るパートナーを映すその端正な顔立ちに、浮かんでいるのは温かな笑みで。

(ア……アンセル様!?)

アンセルのリードにしっかりとついていくレディは、時折強引にアンセルを振り回そうとして、その度にイタズラっぽい笑みを浮かべている。

挑発されたかのように、微《かす》かにアンセルの眉が上がる。

二人は息ぴったりに見えた。それこそ、踊り全般が苦手で、特にワルツは目が回りそうになって、思わず腹筋に力を入れてしまう傾向にあるグレイスとは雲泥の差だ。

フロアを大胆に移動していく、アンセルと女性を目の端で追っていたグレイスは、ちょいちょいっと背中を突かれて我に返った。

はっとして振り返るとそこには、土下座のせいで更に乱れた髪を、強引にバンドで留め直したシャーロットの姿が。

「レディ・グレイス。私の信念は『使おうよ　愛のためなら　金と伝手《つて》』です」

きらりと不気味に光る水色の瞳は語っていた。

私はあの二人の過去を知っています、と。

ダメよ、グレイス。直接聞けばいい話だ。

あの女は誰で、どうして一緒にワルツを踊っていたの？　何があったの？　私とだけ踊るって言ったじゃない！　そう約束したじゃない！　……というところなのだが。

「――ロード・ケインの情報だったわよね」

ひたと自分を見つめるグレイスの据わった眼差しを前に、シャーロットはにっこりと微笑《ほほえ》んでみせた。

2　過去との輪舞《ワルツ》

――そんな波乱を含んだ舞踏会の数日前……。

ラングドン邸屋根裏には、使われなくなった家具や衣装、それから宝飾品が収められた金庫がひっそりと置かれている。高価なものからそうでもないものまで。領地にあるラングドン館《ホール》と比べると数は少ないが、それでも銘品ばかりが揃《そろ》っている。

その屋根裏に上がってきたアンセルは、母から借りた鍵で金庫を開けると、いくつかの箱を取り出した。中には古めかしいデザインの首飾りや大きな石がごてごてと飾られた指輪、巨大なブローチなどが収められている。

「御前、いかがですか？」

一緒についてきた執事のバートが真剣に品物を検分するアンセルに声をかけた。

「値は張りそうだが、これは……」

巨大なローズカットのルビーと、その周りを取り囲むようにして小粒のダイヤモンドがぐるりと配置されている指輪は、どこか重そうで嵌《は》めた者の指を鍛えそうな代物だ。

「どれもグレイスには合わないな」

溜息《ためいき》を吐《つ》きながら、アンセルは腕を組んで考え込んだ。

結婚式では、グレイスには先代公爵夫人である母が、義母たる先々代公爵夫人から受け継いだ指輪と揃いのネックレスを贈った。公爵家の妻に受け継がれていくというもので、どちらもシンプルな金の地金に薔薇《ばら》の蔓《つる》が描かれ、咲く花がルビーやピンクダイヤ、ローズクオーツで作られていた。

それを受け継いだグレイスは、恐れ多いとばかりに後生大事に宝石箱に仕舞い込んでいる。

公爵家の一員として、できれば身につけてほしいと頼んでみたのだが、可愛《かわい》い奥様はかっと目を見開き「絶対ヤダ」ときっぱり言い切った。曰《いわ》く、こんなに高価なものを失《な》くしたら死にたくなるし、そもそも失くす自信がある、ということだ。

そんな頑ななグレイスの様子に、アンセルは今まであるとは思っていなかった欲求が急激に膨らんでくるのを覚えた。無印状態でふらふら出歩く彼女に、自分のモノである証《あかし》をつけたくなったのだ。

そんな独占欲の混じった欲求に促されるまま、キスマークという古典的な手法で彼女の所有を宣言した。結果、グレイスの侍女・ミリィに氷点下の眼差《まなざ》しで睨《にら》まれるという事態を招いた。

たかが侍女だと侮るなかれ。彼女をぞんざいに扱ったりしようものなら、グレイスが口を利かなくなる。そもそも彼女の雇用形態についてはグレイスと一悶着《もんちゃく》あったのだ。

現在彼女は、グレイスの資産を運用した利益で雇われている。つまり、グレイスが雇っていることになっているのだ。そんな彼女が公爵家のために働くのは、ここで衣食住を提供されてるからであり、公爵《アンセル》から頼まれることを素直に聞くかどうかというと一抹の不安がある。だがまあ、侍女というメイドよりも上級職の彼女がする仕事のほとんどがグレイス絡みなのでそれほど問題になったことはないのだが。

そんな侍女であり、すったもんだの挙句《あげく》戦友ポジションに収まったミリィから、キスマークについてお小言を貰《もら》ったグレイスに、「社交界に出なくてもいいようにしてあげると、確かにアンセル様はおっしゃいましたけど、着られるドレスが限定されてしまいましたっ！」とむくれた顔でスカーフを巻いた首筋を見せられたのが三日前だ。

豪華なネックレスの代わりに薔薇の枝を切って胸元に飾ったせいで庭師に怒られ、今度はアンセルがつけた赤い薔薇で侍女に怒られたグレイスは、同じようにアンセルに痕を残したいと訴えた。そんな彼女といちゃいちゃして――そして、結果、「所有の証」をもっと別な方法に……というか、従来通りの方法にしようと決めたのが今日である。

つまりは彼女に何か、身につけるものを贈りたいということだ。そこでまずは祖先に敬意を表して、こうして歴代の宝石類を確認に来たのだが。

「裸石《ルース》も地金もどれも極上のものが使われております」

屋敷の備品、調度品、宝飾品を全て把握しているバートの厳かな台詞《せりふ》に、アンセルは曖昧に頷《うなず》いた。

確かにそうかもしれない。

「だが、デザインがグレイスには合わない」

現在の流行《はや》りは、繊細な技術を駆使して自然と寄り添うようなデザインである。こういう、大きなカットの宝石をこれ見よがしに並べるものとは少し違う。

アンセルとしては、グレイスに合ったデザインをフルオーダーしたいところだが、グレイスはそれを良しとしないだろう。アンセルの妻になる前、彼女は伯爵家の領地を切り盛りし、いかに節約して暮らせるかをモットーにしていた。故に、贅沢《ぜいたく》品に拒絶反応を示す傾向にある。だからこそ、代々伝わる、当家にあるもので……と考えたのだが。

「こういった『重厚』なデザインのリメイクを受け付けている宝石商もございますが」

どれもグレイスの儚《はかな》く、折れそうでいて、でもどこか力強いイメージには合わないなと、呻《うめ》いていたアンセルは、バートのその台詞にはっと顔を上げた。

「なるほど」

領地に戻って宝石類をかき集めるより先に、この中で綺麗《きれい》な石と銀や金の地金を集めて新たに作り直してもらう方が早いかもしれない。

ふと、アンセルの脳裏に一人の人物が過《よぎ》った。その人物が助けになってくれるかもしれない……そう考え、アンセルは早速、ここにある全てのジュエリーをまとめて階下に降ろすようバートに手配した。そのまま大急ぎで階下の書斎に取って返す。

銀のお盆にうずたかく積まれた招待状をより分けながら、アンセルは目当てのものを見つけ出した。

それがまさに、フォアド伯爵の舞踏会なのだった。


「相変わらず、自分勝手なステップだな」

女性には珍しく、深く甘い声で言われ、アマンダの腰と肩を抱いて踊っていたアンセルは閉口した。

「そういう君はリードをとりたがる」

「当然だ」

それに、アマンダはつんと顎を上げてみせた。

「そういう風に生きるようにしたんだ」

切れ長の瞳に笑みが浮かび、薄い唇が横に引かれる。イタズラっぽい笑顔に、アンセルは思わず苦笑してしまった。

アマンダ・ヒューイット。旧姓・エルガー。

学生時代、アンセルには自分の出自など全く気にせず、次期公爵の彼と対等にものを見て、時には諫《いさ》めるような物言いをする親友がいた。

大商人の息子だった彼は、学校を卒業すると同時にとあるご令嬢と結婚。それがこの、フォアド伯爵の娘であるアマンダだった。彼女とは親友との縁で随分親しくしていたが、その彼が病にかかり、闘病の果てに亡くなってからは、いつの間にか疎遠になっていった。

そんな彼女と、ミセス・ヒューイットが同一人物だったとは。気付いたのは、今回の舞踏会の招待状の隅に、アマンダの名前があったからだ。

「元気そうで良かった」

ターンをしながら、アンセルがぽつりと零《こぼ》す。それに、アマンダがふふっと吐息を漏らした。

「なんだろう。凄《すご》く義務感の溢《あふ》れる言葉に聞こえたな」

「そう尋ねるのがわたしの義務だと思っているからね」

皮肉げな口調で返されたそれに、アマンダが苦笑する。

「当てこすりか」

「違うよ」

間髪入れずに答えられ、思わずアマンダは顔を上げた。視線の先でアンセルが親しみを込めた笑みを浮かべている。この人は変わらない。ずっとずっとこの調子だ。

「これは一種の――お礼だ」

そう言って微笑《ほほえ》むアンセルに、アマンダは目を細めた。

「礼を言われるようなことはしていないが」

「してくれたよ」

そっと囁《ささや》き、アンセルが顔を上げて視線を彷徨《さまよ》わせる。そのタイミングでくるりとターンをする。

「君は言いたくもない真実を言い、わたしに義務よりも重要なことがあると教えてくれた。そしてその助言に、わたしは心の底から感謝している」

ゆっくりとフロアを横切りながら、そのなんとも言えないアンセルの台詞にアマンダは首を傾《かし》げた。

「それは一体どういう意味だ？」

しかめっ面をするアマンダとは対照的に、アンセルの顔がぱあっと明るくなった。思わずぎょっとして目を見開くほどに。

（な……）

びっくりするアマンダを他所《よそ》に、アンセルはうっとりしたような眼差しで、ホールの一点を見つめている。一体何を見ているのかと、強引にアンセルを引っ張って身体《からだ》を入れ替えると、アマンダの視界に自分達を見つめるギャラリーが飛び込んできた。その一角。人垣が切れて真っ直《す》ぐに見えた壁際に一人の女性が立っていた。目を見張り、ぽかんという表情でこちらを見ている彼女は、しゃんと背筋を伸ばし、綺麗というよりは可愛《かわい》いデザインの、濃いローズレッドのドレスを着ている。

ミルクティ色の髪に、銀糸でできた小さな花をあちこちに散りばめて美しく編み込んでいる。小粒なダイヤの連なったイヤリングが虹色の光を弾《はじ》き、それを見て取ったアマンダは目を細めた。

「あのイヤリング……ミス・ソートンのデザインだな」

急に抑揚の消えた小声に、思わずアンセルがアマンダを見た。険しい表情の彼女に、ここからグレイスまで数メートル以上の距離があるというのにデザインを見抜くとは、と思わず感心してしまった。

「さすがだな。ライバルは気になるのか」

「当然だ」

「ヒューイット宝飾店が君の念願の店だと知っていたら、そちらに頼んだよ」

あのイヤリングはどうにかこうにかグレイスに贈ったものだ。新しい物は要らない、今ある物で十分が信条のグレイスに、舞踏会では公爵夫人として紹介されるのだから、オーデルの名に恥じない宝飾品が必要だと必死で説得した。

そこに母や姉も加わり、最終的にはケインが「この宝飾品を身につけることが、新進気鋭のデザイナーとして駆け出しの、ミス・ソートンの名を世に知らしめるチャンスになる」と言葉巧みに促した。結果、「そういうことなら」とようやくつけてくれたのだ。

自分よりも数段うまくグレイスを説得できたケインに、思わず嫉妬してしまったのは――まあ言わなくてもいい事実だろう。

「怪しいものだな」

呻くようなアマンダの呟きに、アンセルは今こそ例の依頼をするべきだと確信した。

ワルツというのは、大音量の音楽に乗って踊り手たちが広いフロアを縦横にすり抜けていく。周囲に話を聞かれることなく、パートナーと内密に会話をするにはうってつけなのだ。彼女を連れ出して別室で話すのは言語道断。かといって、周囲に知り合いがうようよいる中で、グレイスのために公爵家の宝飾品をリメイクしてほしいと頼めば、ゴシップ誌が書き立てるのは目に見えていた。

オーデル公爵、愛妻のために先祖の宝を犠牲に！　とかなんとか。そういう美術品に認定されそうなアンティークは除外しているというのに、だ。

そんな余計な詮索を受けないよう、穏便にリメイクの交渉するためだけにアマンダにワルツを申し込んだのだが……ああ、ここから見えるグレイスが物凄く悲しそうな顔をしていて……それが心に突き刺さるのと同時に、アンセルの独占欲を刺激する。

彼女が悲しく思っているのは、アンセルが他の女性と踊っているからで、他の女性と踊るのを悲しく思うというのは、それだけ彼女がアンセルを独り占めしたいと思っているということになる。

ああ大丈夫だよグレイス……ちゃんと後で説明するから……君を甘やかす最中に、君が望むなら土下座でも何でもして説明するから……。

「奥様の悲しげな表情ににやにやするとは……呆《あき》れるな」

冷ややかなアマンダの声に我に返り、こほんと咳《せき》払いをしたアンセルが単刀直入に申し出た。

「その愛《いと》しい妻にジュエリーを贈りたいのだが……引き受けてくれないか？」

「――正気か!?」

その一言に含まれる様々な感情に、アンセルは苦笑いをした。

……まあ、確かにそうかもしれない。

自分は昔、アマンダにプロポーズをしようとしたことがあった。親友が亡くなって二年が過ぎた頃のことだ。正式な申し込みではなかったが、アンセルとしては品行方正で美人、そして何より亡くなった親友から彼女の『今後』を頼まれていたので、当然の行為だと思ったのだ。

だがその自分に、彼女はこう言ったのだ。

――申し訳ないが、自分には好きな人がいる。だから貴方《あなた》とは結婚できない。

そんな人がいるとは思ってもいなかったアンセルは衝撃を受けた。それと同時に、随分彼女と一緒に過ごしてしまったことを後悔したのだ。社交界では既に、アンセルとアマンダが付き合っているように噂《うわさ》されていたし、結婚まで秒読みだと言われていたくらいなのだ。

それを知った、アマンダの想《おも》い人がどう考えていたのか。

何故《なぜ》もっと早くそう言わない、と青ざめるアンセルに、アマンダは苦笑すると、自分の想い人の話をしてくれた。そこに含まれる切なさと大変さも。

「――君に対して不満があるとすれば、君がいらないことをグレイスに話しそうだということだ」

昔のことを思い出しながら苦々しく告げられて、アマンダの両眉が上がった。それから首だけ動かして、踊る二人をじいっと見つめるアンセルの妻を見遣《みや》る。

不安そうな表情だが、その灰色の瞳は矢のような鋭さを孕《はら》んでいる。きゅっとベリー色の唇を引き結び、口の端を下げている表情は確かに気が強そうで……アンセルを愛しているのがまるわかりだ。

「ほう」

イヤな感じで感心されて、アンセルは思わず「余計なことは話すなよ」と釘《くぎ》を刺した。

「わかってるよ。でも……そうだな……そういうことならお友達にならないといけないだろう？」

「ならなくていい」

「ええ～？　彼女のジュエリーのリメイクを受けるんだから、彼女と仲良くなりたい」

「な、ら、な、く、て、い、い」

「じゃ、何故私に頼むんだ」

呆れたようなアマンダの口調に、アンセルはしばらく黙り込んだあと呻くように呟《つぶや》いた。

「君がわたしを便宜的な夫に選ばなかったからだ。あの時、わたしは親友の頼みを聞くことこそが、わたしの結婚の条件として適切だとそう思っていた。だが君は、『心から愛する人が必ず現れる。その時に全力で手を伸ばせるよう、今は早まった決断はするな』と言って、申し出を断ってくれた。だからこそ、今、グレイスと大手を振って結婚することができた」

「私はただ、君は偽装結婚には向かないと思っただけだよ」

「それでも、わたしにとっては大事な何かを気付かせてくれるきっかけになった」

真っ直ぐにアマンダを見てそう告げる。人生の伴侶を選ぶという行為を、アンセルは妥協しそうになっていた。だが運命的な出会いをした。それは妥協を許さなかった彼女のおかげだ。

「……ならよかった。彼は君の幸せを心から祈っていたからね」

その言葉に、アンセルはそっと目を伏せる。ぼんやりした視界に豪快に笑う親友の姿が浮かんだが、その表情も声もだいぶ霞《かす》んでしまっていた。それでも、彼と過ごした時に感じた楽しさはまだ、心の中に眠っている。

「それに、私も恋愛結婚に自由なレニマーノ公国で晴れて恋人と結婚できたしな」

それにはさすがに驚いた。目を見張るアンセルに、アマンダは「それがヒューイットの名だ」とにやりと笑う。

「あそこは本当に自由な国だよ」

「驚いたな……今まで社交界に出ていないだけかと思っていたが……」

「レヴァニアスに出店しようと、うちの人と相談して決めた。宝石商としてのルートは元夫が持っていたし、元義理の両親も協力してくれた」

二人は身一つで成り上がった商人だ。異質なものを嫌う社交界とは根本的に考え方が違う。夫を亡くした未亡人とその新しい配偶者に力を貸すことを厭《いと》うような人間ではなく、むしろ応援されたよと、アマンダは温かな声で呟いた。

「そんなこともあって、私も、君の申し出を受けなくて良かったと思っている。君に語ったことは、私の真実でもあるのだと、気が付いたのもアンセル……君の申し出があったからだ」

心から愛する人が必ず現れる。その時に全力で手を伸ばせ……自分で悟ったそれが、恋人と結婚するために国を出るという行動を起こすきっかけにもなったから。

「だが、わたしが君に敬意を払いたいのは変わらない」

気にするな、を大分遠回りで言われた気がするが、アンセルの気持ちは変わらなかった。今でも亡き親友との誓いを果たすために、彼女の力になりたい。

「ただ、グレイスを可愛いと思って必要以上に仲良くなろうとするなら……」

「可愛いし、楽しそうな子だな、君の嫁は」

「――アマンダ……」

眉間に皺《しわ》を寄せるアンセルに、アマンダがからからと笑った。

「心配するな。普通の令嬢のように礼儀正しく振る舞うよ」

そう宣言された、まさにその瞬間にワルツの曲が止まった。

「さあ、君の妻に紹介してもらおうかな」

アマンダの声が弾んでいることに、アンセルは嫌な予感がした。彼女はどこか……女性達を虜《とりこ》にするような、独特の雰囲気を持っている。女性らしい美人なのだが、言動が男らしく、そのギャップに心を奪われる人間が数多くいる。そして、確実にグレイスの周りにはいないタイプだろう。

（早まったかな……）

親友に、彼女を助けてやってくれと頼まれたのに、未《いま》だそれを実行できていなかった。だからこそ、今回、依頼をすることで助けになると考えたのだが……。

アマンダの手を取ってグレイスの方にエスコートしながら、アンセルは、ハイリスクだったかもしれない、と遅まきながら思い始めるのであった。

3　世にも奇妙な会合

アマンダ・ヒューイットという女性は、なかなかに波乱の人生を送っているようだった。そしてそれを乗り切った彼女の自信が、こちらに向かって歩いてくる足取りにも表れている。

（ううっ……勝てる気がしない……）

彼女は数年前に夫を亡くしているとシャーロットが教えてくれた。大商人の息子で、互いに望み、望まれて結婚したらしいと。家同士の繋《つな》がりや利益が絡む社交界の結婚からは少々……いや、かなり外れた、異質なカップルだったそうだ。しかもその後、最愛の夫を亡くした彼女を慰めていたのが、夫婦と仲の良かったアンセルで、なんとなくいい雰囲気だったらしい。

ちらっと視線を上げた先で、アンセルの肘に手を置いて歩いてくるアマンダは、光り輝いて見えた。ワルツを踊る姿を見ても思ったが、迫力のある美男美女の組み合わせは周囲を圧倒している。グレイスの目から見ても……お似合いだと思ってしまう。魔性の未亡人……そんな単語が脳裏をちらつく。

（そんな二人が……共通の大切な人を亡くして……慰め合っているうちにいつの間にか……）

——暖かな炎が躍る暖炉で、一人肩を落として座るアマンダ。その頬には涙の跡が。がっくりと落ちた肩が小さく震え、心配して駆けつけたアンセルは息を呑《の》んだ。炎に照らされた横顔が憂いを含み、噛み締めた唇が艶やかに光っている。そしてそこから微《かす》かに漏れた悲しげな声に、アンセルの瞳が辛《つら》そうに歪《ゆが》んだ。

「泣くな……」

呻《うめ》くような声が漏れ、意を決して近づいたアンセルがそっと後ろから腕を回して抱き締める。

「アンセル……」

「わたしが傍《そば》にいる……」

そして二人は視線を絡めておもむろに――。


「グレイス⁉」

掠《かす》れた声が名前を呼び、はっと我に返る。と、アマンダの手を振りほどいたアンセルが大股で近寄ってくるのが見えた。そしてそのまま跪《ひざまず》きそうな勢いでグレイスの両手を取った。

「ああ、なんてことだ……すまないグレイス。ちゃんと説明するから、そんな悲しそうな顔をしないでくれ」

「え？」

悲しそうな顔……？

じっとこちらを見つめてくるアンセルの、心配そうな深い青色の瞳を眺めながらグレイスは曖昧に微笑《ほほえ》んだ。悲しそうな顔……そうか、なんとなく世も末な、がーん、という顔をしていたかもしれない。いや、していたのだろう、多分。だがそれではいけない。何せ。

「はじめまして、公爵夫人《ユアグレイス》」

アンセルから手を離されたアマンダが、ゆっくりと二人の前に立つと、ドレスの両端を摘まんで膝を折った。正式なお辞儀をされ、グレイスは慌ててアンセルの手を振りほどいた。

「えと……は……じめまして、ヒューイット夫人」

こちらも礼を返すと、グレイスよりも背の高い彼女の視線が、滑るように全身を通っていく。思わず尻込みしそうになる身体《からだ》にぐっと力を入れ、グレイスは胸を張った。

そう。そうなのだ。悲しそうな顔などしていられない。ショックを受けたような態度もダメだ。自分がアンセルの妻で、彼にとって大切な存在なのだから、それを誇らなくては。

(それに二人の仲のことは……あくまで噂話《うわさ》だって、シャーロットも言ってたし)

アンセルとアマンダがとても親密で結婚秒読みだと噂されていたというが、気にしない。気になるけど気にしない。気にしないぞ、とにこにこと笑顔を張り付けて両足を踏ん張るようにして立っていたグレイスに、アマンダが少し眉を上げた後、にっこりと微笑んだ。

「公爵夫人《ユアグレイス》、よろしければあちらで少々お話しさせていただいてもよろしいでしょうか」

唇にうっすらと笑みを浮かべ、誘うように眉を上げるアマンダに、グレイスは身構えた。

先程の妄想が頭を過《よぎ》る。親密だった二人がなんらかの原因で別れ、数年後に再会。その時、アンセルの隣におよそ公爵夫人とは思えないグレイスがいたらどう思うのか――。

「貴女《あなた》のことはよく知ってますのよ、グレイス・クレオール。社交界では誰にも目を留められず、流れた噂と言えば『東洋かぶれの嫁き《い》遅れ』。更には殿方にモノの値段を説いて回るなんて愚行、貴女以外に率先して行う人などわたくしは知りませんわ」

そんなアナタが今や公爵夫人とは！　今度はどなたをこき下ろしてらっしゃるの？


とかなんとか言われるはずだ。自分に関しては仕方ない。事実は事実なのだし。だが、そのグレイスを選んでくれたアンセルを、『どうかしている』と蔑まれるのは心外なので、夫を馬鹿にするような発言が出たら断固戦おうと決意を固くする。

そんな風に、己の身に鎧《よろい》をまとい始めていると。

「当家の舞踏会は食べ物が美味《おい》しいことで評判です」

はい、ともいいえ、とも言う前に、アマンダはグレイスの腕を取って自分の腕にかけ、大股で歩き出した。どこかに連れて行こうとする、唐突な彼女の行動に驚いて振り返ると「断固として自分もついていく」と全身で訴えるアンセルの仏頂面と、その奥にひっそり佇《たたず》むシャーロットの姿が見えた。

夫と元恋人とが顔を合わせる会合（？）に喜んで参加できるほど、グレイスはアマンダを知らない。三人になった時に、アンセルとアマンダにしかわからない話をされて、二人で盛り上がられたら悲しすぎる。ここは味方が欲しい。例え契約上の味方でも。

「レディ・シャーロットも一緒でよろしいでしょうか」

声を張り上げ、同時に足も踏ん張るとややつんのめったアマンダが振り返った。

「これは大変失礼いたしました、公爵夫人。もちろんです」

私は結構です、捨て置いてください、これから繰り広げられるであろう修羅場に耐えられるような精神構造じゃないんですッ！　とこちらも全身で訴えるシャーロットがぶんぶんと首を振るのを綺麗に無視し、グレイスは引き攣《つ》った笑みを浮かべて手招きする。その目は笑っていない。

周囲の人間がさりげなくグレイス達を観察している。自分よりも身分の高い女性（しかも傍には公爵がいる）の誘いを露骨に断れば何か、トンデモナク恐ろしいことが起きて今後の社交生活に支障が出る……そう遅ればせながら気付いたのか、シャーロットの喉がごくん、と動くのが見えた。

それでも一歩を踏み出せず、青ざめる彼女にグレイスは伝家の宝刀を抜いた。口パクで「ケイン」と告げる。と、ぎゅっと手を拳にしたシャーロットがのろのろと歩き出した。

こうして公爵、公爵の元恋人、公爵に一目惚《ひとめぼ》れされた風変わりな女性と公爵家の情報に精通する占い好きの伯爵令嬢が、舞踏会開催中の屋敷のとある小部屋に、一堂に会することになったのである。


「――オーデル公爵は、図書室で殿方と議会の件でお話しされてても構いませんが」

冷ややかなアマンダの台詞に、グレイスを取り返すことに成功し、更に並んでソファに腰を下ろす権利をゲットしたアンセルが、余裕を表現すべく肩を竦《すく》めてみせた。

「妻とわたしは一心同体だからね。彼女がどこでなんの話をしているのかできる限り共有したい」

「共有できない場合はどうなさるのですか？」

ソファに座るグレイスの向かいに、スツールを持ってきて腰を下ろしたシャーロットが興味津々といった様子で尋ねる。グレイスにはこの質問の意図が、手に取るようにわかった。シャーロットは多分、公爵家が何かこう……対象の行動を常に把握できるようなスパイ的な組織を持っているのではないかと考えているのだろう。それ故にグレイスの行動の全てを把握しているのだと。

彼女のスパイ行為もかなりのレベルの高さだと思うが、それに輪をかけるような公爵家の間者業が気になるのだろう。まあ、いたら、の話だが。

そんなオカシナ興味から目をキラキラさせる、今まで話したこともないエッセル伯爵令嬢の眼差《まなざ》しにアンセルが内心怯《ひる》んだ。だが表情には出さず、柔らかい声で切り返した。

「彼女は起きた出来事の全てをわたしに話してくれていると思っているから、共有できていない話題はない……というのが答えだ」

自然と視線がグレイスに向き、「そうですね」と彼女は内心複雑な心境で頷《うなず》いた。

「その日に起きた出来事は、できる限り話すようにしてますから」

口調に何か含みが混じるのは勘弁してほしい。

結婚直前、怒涛《どとう》の勘違い・すれ違いの三日間以降、二人はなるべく互いが『誤解』しないよう起きた出来事について共有するようにしていた。といっても主にベッドの中でなので、結婚間もない二人にしてみれば、『改まって話をする』時間がどれくらいなのかは推して知るべしというところだ。

現状把握でそれなのだから、過去に何があったかなんて話したことなどほとんどない。そんなグレイスの言葉の裏など知る由もなく、アンセルはそっと妻の手を取り握り締める。柔らかく、でも振りほどけない強さで握られて、どきりとグレイスの心臓が高鳴った。彼はしょっちゅう、人目があるにもかかわらずグレイスに触ったりする。夫婦が社交の場でべたべたするのが好ましく思われない中で、彼は平気でグレイスに触る。しかも意味深に。

社交界の重鎮達が、冷ややかな眼差しで二人を見つめていることも度々あるが、彼は一切気に留めない。公爵という立場がそうさせているのかと思っていたが、元から他人の目をあまり気にしない性質なのかもしれない。そんなアンセルに取られた右手の甲を、彼は親指の腹でゆっくりと撫《な》で始めた。じわりと熱が滲《にじ》んでくるような触れ合いに流されそうになり、グレイスはお腹《なか》に力を入れた。

こういう風な触り方をしてくる時は要注意なのだ。グレイスをその気にさせて、さっさとこの場を切り上げさせ帰る気でいる……そんな魂胆まるわかりな触り方なのだ。

このままではいけないとアンセルを睨《にら》み付け、己の右手を光の速さで取り返す。やっぱり意思疎通は大事ですよね、誤解を生んだままにしておくと面倒なことになりかねませんから、などと当たり障りのない会話を続けるアマンダとシャーロットを他所《よそ》に、アンセルは再びグレイスの手を取ると見せつけるように握り締めて持ち上げた。

「わたしとしては、そんな報告会をするよりも、こうやってずっとグレイスを傍に繋いでおければいいと思っているんだけどね」

これは絶好の口実だ、とアンセルは笑みを深めた。こういう理由を最初に明確にしておけば、今後手を繋いでいても文句も出ないだろう。妻を常に傍に置いておきたい夫の苦肉の策……それは社交界では煙たがられるかもしれないが、この場では非常に有効だ。そう、牽制《けんせい》気味に振る舞うアンセルに、アマンダは吹き出しそうになった。

「社交界では認められそうにない方法だな」

自らが座る一人掛けのソファに凭《もた》れ、アマンダがにやにや笑う。その彼女を更に睨み付け、男は妻を心持ち己の方に引き寄せた。

「なんとでも。それで？　君の話とは？」

その場から梃子《てこ》でも動く気はない、とグレイスの手をしっかりと握り締めて、笑顔と行動で宣言するアンセルに、アマンダが苦笑した。

「私は奥方と話がしたかったのだが……まあ、いいだろう」

そんな二人のやり取りにある、自分に関するいざこざなど露ほども知らないグレイスは、さあ、何を言われるのだろうかと、アンセルの手をきゅっと握り返した。まさか夫がいる前で、自分が公爵夫人に相応《ふさわ》しくない箇所を列挙されるとは思えない。自分の方がアンセルを愛しているのだと、そんな宣戦布告でも多分……ないとそう思う。ではそれ以外で一体何を話されるのか……。

「現在私は、ヒューイット宝飾店という装身具関連のお店を運営しております」

唇を弓型に引き上げ、「にこ」っとしか形容できない笑みを見せられて、グレイスが一瞬怯む。だが宝飾品関連の話題の中で女性、というワードをどこかで聞いたような気がして考え込んだ。

「あ！　もしかしてこのイヤリング！」

記憶のフィルターに何かが引っかかり、唐突に脳裏に閃《ひらめ》く。先日このイヤリングについて、「女性がデザインしたものだ」とケインに説明された。そうグレイスが目を輝かせると、アマンダは困ったような笑みを返した。

「それはミス・ソートンのデザインですね」

「あ」

瞬間、グレイスは耳まで真っ赤になった。

「ご、ごご、ごめんなさい！　私ったらつい、女性で頑張ってる人がいるって言われて購入を決意したのですが、まさか他にも頑張ってらっしゃる方が……しかも宝飾関連にいるとは思わなくて」

「いえいえ、私の方はまだこの土地に店を構えて半年ですので。ライバルがどのような仕事をしているのかわかって、逆に嬉《うれ》しいですよ」

おもむろに立ち上がったアマンダが、「失礼」とグレイスの傍に跪く。そっと手を伸ばし、グレイスの耳から真っ直《す》ぐに下がっている三連ダイヤのイヤリングに視線を注いだ。

「シンプルなデザインですね。ダイヤのバランスが良く優雅で……奥様の首筋を際立たせている」

「ひゃっ」

ゆらゆら揺れる、七色に光を弾《はじ》くダイヤを人差し指で摘まみ上げる。その時にアマンダの指先が首筋に触れて、グレイスの唇からオカシナ声が漏れた――と同時に、グレイスの左隣の室温が五度近く下がった。

「すみません、冷たかったですよね」

慌てて手を引っ込め、アマンダが眉を下げて困ったように微笑む。

「末端冷え性なのか……年中指先が冷たいんです」

「え？」

いや、そういうわけじゃなくて……と説明する間も与えず。

「ほら、ね？」

　グレイスの手をさっと取り上げぎゅっと握り締める。シルクの手袋をしているため、あまり体温が伝わらず首を傾《かし》げると「わかりませんか？」とアマンダが更に指を這《は》わせた。手袋の縁がある手首まで、肌を伝うように指を這わせて覗《のぞ》いている柔らかくて白い手首の内側に指をかける。

　ひやりと冷たいアマンダの手に、グレイスが「ほんとですね」と眉を上げた。

「冷たい……これでは寝る時お辛いでしょう」

「ええ。なかなか寝付けないことが多いのですが、幸い、拠点のレニマーノ公国は暖かい南部なので困ることは少ないです」

　にこっと笑う彼女に、しかしグレイスがぐいっと顔を近づけた。

「いいえ、冷えは万病の元です。いくら暖かい地域とはいえ、体質改善は必須ですよ」

　いいですか、東洋では病気とは呼べないが、辛い症状があり、それが溜《た》まると大病になるという考え方があります。冷えもその一種で、身体が不調に……つまり病気に向かっている状態を指すんです。身体のどこかに不調があって、それが巡り巡って体内の循環に影響を……。

　そんな立て板に水で話し始めるグレイスを、アマンダが興味深そうに見つめた。彼女の評判は早々に知った。あのアンセルが一目惚れをしたというのがにわかに信じられず、また義理で結婚を申し出たのではないだろうかと疑ってもいたのだ。案の定、今は立ち消えしそうになっている噂の一つに、アンセルがグレイスを隠れ蓑《みの》にするのにちょうどいい、借金返済と引き換えにお飾りの妻になってもらおうと画策したんだというものがあった。

なるほど。確かにアンセルらしい考え方だと、アマンダは冷えた心でそう考えた。そして、それはアンセル自身にもグレイス自身にも寒々しい結果しか生まないとそう思ったのだ。だが。

「そこで登場するのが、沢山の生薬を使ったお薬で、あ、薬と言うと水薬を連想すると思うのですが、飲みやすくスープにしたところ、命を養うと――」

「グレイス」

いつの間にかぎゅっとアマンダの手を握り返し、真剣な眼差しで謎のニンジンやら生姜《しょうが》やらニンニクやら、身体を温める要素のある植物を数え上げていたグレイスを、アンセルが取り返した。

「アンセル様」

驚く彼女の腕をぐいーっと引っ張り、さりげなく肩を抱く。

「体調不良の話はもういいから。アマンダも子供じゃないし、自分の体質改善など自分でやればいい」

つっけんどんな言い方に、グレイスが目を見張った。

「アンセル様はわかってません！　女性にとって冷えは大敵で」

「グレイスの身体が冷えていたら、わたしがいくらでも温めてあげるから」

「！　そ、そういう話ではなくて」

「アマンダ、それで？　グレイスに自身の会社のことを話すということは、例の件を引き受けてくれるんだな？」

他人の目などもとより気にしない公爵様は、グレイスを更に抱き寄せ、心持ち護《まも》るように腕を回す。

睨み付ける男に、アマンダは数々の噂は全部噂に過ぎず、真実は「本気でグレイスに惚れている」という一点のみだと遅まきながら気が付いた。やはり、噂など当てにならない。

「例の件とはなんですか？」

そっと顔を上げるグレイスに、アンセルは公爵家の宝石類のリメイクをお願いしたと話そうとした。

だがそれよりもアマンダの方が一歩先だった。

「グレイス様に是非、我が工房を支援していただきたいというお話なんです」

「！」

「⁉」

ぎょっと目を見張るアンセルを綺麗に無視して、アマンダが跪いたままグレイスの膝に両手を置いた。

「奥様は最新の機械や技術にご興味がおありと伺いました。我が工房では最新式のダイヤモンド刃を使った研磨道具や、三六〇度、ありとあらゆる角度から写真を撮り、それを立体的に眺めることができるホロスコープを開発しております。それらを使ってデザイン画を立体的に確認できるようになり、更に高性能な拡大鏡と、世界一細い刃を使って目を見張るような装飾も可能となったのです。今までの概念を覆す高温の窯も常備しております」

意外な方向からの攻撃に、口をパクパクさせるアンセルとは反対に、グレイスの目がきらきらと輝き始めた。

「そんな私どもの事業なのですが、こういったことにご興味のある公爵夫人に、是非ご支援いただけないかと」

見たこともない最新式の工具が作り出す芸術作品と、それを担う職人の一流の腕というのは、グレイスが最も好きなものである。彼女自身、木こりが大木から板を作り出す技術、その板を使って職人が家具を作ったり家を建てたりするのを見るのが大好きだった。それに自分でドレスをリメイクする人間だ。飾りとなる宝飾品に興味がないわけがない。もっともグレイスの興味は、ドレスにどの宝石をつけるか、ではなく、ドレスにつける宝石はどうやって作ろうか、という方向の興味なのでアマンダの申し出に目がきらきらするのは必然というものだろう。だが支援とは？

更に更に苦く顔が歪むアンセルを視界の端からシャットアウトしたアマンダが、ドレスの上からするっと彼女の太腿《ふともも》へ掌《てのひら》を滑らせる。

「公爵夫人は、ご自分の身分があまりお好きではないようだとお見受けいたしますが？」

唐突に言われてどきりとする。

「ええっと……」

好きではない……ことはない。ただ、公爵夫人という光り輝くレッテルで全てを判断されるのが困るというだけだ。

「嫌いというか……この名前を頂いてから注目される機会が増えたことは確かです。それが困るというだけで、決してオーデルの名を恥じているとか、分不相応だと卑下してるわけでもなくて、その名だけで面白おかしく判断されることに困ってます」

自分とは関係ない所で、名前だけが独り歩きしている……そのちぐはぐな現状がどうにも我慢できない。きゅっと唇を結んで、それでも無理やり微笑もうとするグレイスの、その唇についっとアマンダが指先を押し当てた。途端冷風が室内に吹き荒れた気がして、流れを興味深く見つめていたシャーロットが身震いする。

「それだけ注目されているということなのでしょう」

一人で室内の気温を更に五度下げているアンセルを綺麗に無視して、アマンダが麗しい表情でグレイスを見つめた。

「我々はまだこちらでの事業を立ち上げたばかりです。先程のミス・ソートンが所属している宝石店の他にもこちらにはたくさんのライバルがおります」

頷くグレイスに「加えて」とアマンダが畳みかけた。

「私は女です。この国ではまだ、女性の事業主というのは軽く見られがちで、実際私がこの国で成功するための基盤がありません」

それはグレイスもよく知っていることだった。グレイス自身、実家の領地を運営していたが、これは相当異例なことで、普段は男性の領地管理人を置き、伯爵自ら采配を振るものである。

だがグレイスの父であるハートウェル伯爵は屋敷にこもりきりで、領地管理にあまり興味を示さなかった。そのため、見るに見かねた彼女が領地のあれこれを運営していたのである。その際、新たな土地開拓や木々の伐採に関して発生する費用の類《たぐい》を、伯爵ならば鶴の一声で支払うことができるのに対し、グレイスはいちいち伯爵に書面で許可を貰《もら》わなくてはならなかった。

どれだけグレイスがその実権を持っていたとしても、何か買ったり、支払ったりする際には必ず「伯爵」の許可が必要になる。雇っていた管理人からの要望もいちいち伯爵に通さなくてはいけなかった。

……まあだが、当の伯爵が、そういった雑事を嫌っていたため、グレイスは伯爵の印章を首から下げて持って歩き、スピード決済に困るようなことはなかった。管理人もグレイスを領主だと考えている節もあったし。だがこれは本当に特異なことなのである。

そんなグレイスも、オーデル公爵夫人となった今、個人で何かに投資したいと思ったり、事業を起こそうと考えたら、それは『グレイスの事業』ではなく、全て『オーデル公爵の事業』として考えられる。グレイスは、夫からその「権利」を貸し与えられているだけなのだ。自分の財産も、「夫預かり」になっている。それを自由に使うには「夫」かその「管財人」の許可が必要になる。

これがこの社会の一般的な在り方で、アマンダが一人会社を立ち上げて奮闘するというのがいかに困難か、グレイスにはよくわかった。女性というだけで話を聞いてくれない木こりや家具職人、農家がいたのも事実だし。一瞬でアマンダの苦労を理解し、目を伏せるグレイスに、彼女が更に身を乗り出す。今やアマンダの冷たい手はグレイスの柔らかく温かな頬に軽く添えられていた。

「ですが、わたくしの事業を今をトキメク公爵夫人が後押ししてくださっていると知れたら、社交界の気風も多少なりとも変わるかと。事業に参加していただくとか、そういう難しいことではありません。この美しく滑らかな肌に、我らの宝石をまとっていただければ、それだけで宣伝効果抜群です」

「つまり、グレイスに広告塔になれと」

「きゃあ!?」

いよいよ我慢できない、とアンセルがグレイスの腰を抱いて引き寄せる。そのまま自分の膝にのせて抱きかかえる様は、お気に入りのおもちゃを取られまいとする三歳児にそっくりだ。

「あ、アンセル様⁉」

ひ、人目が⁉

唐突な独占欲丸出しな行為に呆《あき》れ、慌てふためくグレイスは、ふとじいっと自分を見つめる視線に気づいて顔を上げた。見ればシャーロットが一心不乱にグレイスとアンセルを観察している。

「私としては公爵夫人が気に入るデザインと宝飾品を提示して、それを身につけていただき、巡り巡っていいものだと社交界に知れ渡ればいいと思っただけだが、これが貴殿の言うように広告塔というのなら……まあそうなのだろうな」

広告塔……なるほど……と、アマンダの話を聞きながらも、グレイスはシャーロットの方が気になって仕方ない。ちらちらと観察すれば、彼女はこっそり手首から下がっているダンスカードを取り上げて何かを熱心に書き込み始めたではないか。

「わたしは妻を企業の宣伝のために着飾らせて、連れ歩く趣味はない。そういうのは名を売りたい舞台女優に回してあげるべき仕事ではないのか？」

舞台女優……確かに一理あるな。というか彼女は一体何を書いているのかと、シャーロットをガン見すれば、ふと顔を上げた彼女が目にもとまらぬ速さでダンスカードをお尻の下に滑り込ませた。それからうろ～っと視線を泳がせるのをグレイスは見逃さなかった。

「そちらはもう既に手配済みだ。それにプラスして、社交界をあっと言わせたいというのもある。それにはグレイス様の知名度はかなり魅力的かと」

絶対に何か書いている。私たちを観察して何か書いてる。間違いない。なんてことだ！

「グレイスは見世物じゃない！」

「そうですよ！　私は見世物じゃありませんッ！」

二人とも違う人間に応対していたのに発言が一致した。

「見世物にしてるわけではない。我々のプロジェクトに参加していただき、ひいては女性の社会進出への第一歩になればいいかと」

「そうそう、見世物として捉えてなどおりません！　貴重で重要な燃料ですわ！」

ねえ、と何故《なぜ》か顔を見合わせてうんうん頷くアマンダとシャーロットに、二人は閉口した。言葉が出ない。と、先に立ち直ったのはアンセルの方だった。

「とにかくダメだ。グレイスをそういう騒動に巻き込まないでくれ」

それでなくても、彼女は社交界のごたごたにうんざりしているのだ。一緒にいちゃいちゃしたいとしょんぼりしながら訴えてきたのだ。あの、グレイスがだぞ!?　こんなレアすぎるお願いをしてくるグレイスを、みすみすアマンダに差し出す意味がわからない。ああ、わからない、わからない。

そんな私利私欲が透けて見えるアンセルの、その発言の裏など知る由もないグレイスは、自分が話を聞いていなかった間に事態が急展開しそうだと気が付いた。というか……ちょっと待って。グレイスにとって、アマンダの申し出は非常に……興味深いし、後援しても良いかと思える内容だった。それを頭から否定されるのは違うだろう。

「ちょっと待ってください、アンセル様。広告塔の件、私は喜んでお受けしたいです」

「はあ!?」

「おお！」

とにかく、自分を捕獲する腕が傍にあっては、正常な判断ができない。そう決めて、グレイスはゆっくりとソファから立ち上がる。その彼女を、勢いよく立ち上がったアマンダが両腕を回してぎゅーっとハグをした。途端、自分以外の人間がグレイスに触れるのが嫌いなアンセルも血相を変えて立ち上がった。

「待ちなさい、グレイス！」

「本当ですか、公爵夫人！」

「当然です。苦労をしている女性がいるのに見過ごすなんてできません」

ハグする彼女に理解を示すよう、ぽんぽん、とグレイスはアマンダの背中を叩《たた》く。遠くから、「グレイスッ！」という慌てふためく夫の声がするが、妻は綺麗に無視をした。

「少しでもお役に立てるのであれば、いくらでも協力します」

「グレイス様にご迷惑をおかけすることはないと心から誓わせていただきます」

「わたしは大迷惑だッ！」

離せ、とアマンダの腕を取って引き剥がそうとするアンセルに、更にきつく腕を回しながらアマンダがにやにや笑った。

「もちろん、公爵家からのご依頼は率先して承らせていただきますのでご安心を」

何か私どもにご依頼がございましたよね？

にこにこ笑ってそう告げるアマンダに、アンセルは嫌な予感はこれかと歯噛《はが》みした。こちらの要求を呑む代わりに、自分の要求を押し通そうとするとは。何か良い反論する言葉はないかと探していると。

「公爵家から、何かヒューイットさんにご依頼を？」

そっと身体を離して見上げるグレイスの言葉に、アンセルは公爵家の宝石をリメイクする話をしようとした。彼女へプレゼントするためである、という点は伏せておく。言ってしまってはリメイクなど必要ない、そのままで十分と言われるに決まっているからだ。そのため、彼は慎重に話を切り出そうとした。


「ええっと……だな、グレイス……」

「彼は、昔の馴染《なじ》みである私に、奥様へのプレゼントを作ってもらいたいのだそうです」

リメイクとは言わなかったのは、アマンダなりの配慮だった。先祖伝来の品を贈られるのも悪くはないが、自分専用の、自分だけの装飾品を貰って嬉しくない女性はいないだろう……そう考えての発言だ。だが。


「え？」

唐突にグレイスの顔が曇り、アマンダの眉が上がった。ちらとアンセルを見れば、彼の顎が奥歯をきつく噛み締めて硬くなっているのがわかった。ほら言わんこっちゃない、と彼の顔は訴えている。

彼女は「そういう」モノを貰うのが好きではないのだ。取り敢《あ》えずアマンダへの説明は後回しにし、アンセルはグレイスに一歩近寄ると、頬に手を当てた。

「違うんだ、グレイス。これには深い訳が――」

「おや、内緒だったのか。それは悪いことをしたな」

「アマンダッ」

はあ、と困惑したように呻くグレイスから、とうとうアンセルはアマンダを引き離した。

「ちょっと来い」

ぐいーっと引っ張り、不服そうな彼女を部屋の隅へ引きずっていく。それから、自分が頼んだのはリメイクで、そもそもそれだってグレイスが受け取ってくれるかどうか、身につけてくれるかどうか賭けなのに、とひそひそ声で訴えた。一体何をやってるんだと呆れ返るアマンダと、噛みつくアンセル。その二人を遠くに見ながら、グレイスは込み上げてくるもやもやと一人戦っていた。

だってそうではないか。昔関係のあった、プロポーズまでした相手に、自分の奥さんのジュエリーをオーダーするなんて正気の沙汰とは思えない。高額な上にそう簡単に処分できない、本来ならば後生大事に持ちたい代物について回る、元恋人だったという影。

確かに、アマンダ・ヒューイットはとても好感が持てる、素敵な女性だった。シャーロットから聞いた噂では、もっとこう……魔性の女のようなイメージがあった。だが、はきはきと話し、媚《こ》びずに振る舞う彼女は、可愛《かわい》いとか綺麗とかを通り越しカッコいい感じがした。今だって腰に両手を当て堂々と立ち、アンセルと言い合う姿にはほれぼれする。

「やっぱり……ああいう『できる女』っていう感じの方がアンセル様のお好みなのでしょうか」

ぽつりと漏れたグレイスの呟《つぶや》きに、嫉妬全開、身体の奥から「俺のグレイスに触るな、話すな、近寄るな」を迸《ほとばし》らせていたアンセルの様子を、再び手首に下げたダンスカードにスケッチしていたシャーロットは「それはない」と心の奥で即答した。どこからどうみても、アンセルはグレイス一筋だろう、間違いない。

「――何故そう思われるので？」

鉛筆から手を離し、そっと尋ねるシャーロットに、グレイスは「だって」と苦い口調で零《こぼ》した。

「未《いま》だに私の何が……アンセル様の心に刺さったのかわからないから……」

その台詞に、シャーロットが短く笑った。

「何をご冗談を。愛してます、と伝えて、愛してるよ、と返されることがどれだけ贅沢《ぜいたく》なことなのか。毎日愛してる人の傍にいられることがどれだけ特殊なことなのか……私にはうらやましい限りです」

シャーロットの指摘に、ぎくりとグレイスの身体が強張《こわば》る。確かに、痛いところを突かれた。

「私なんか、なんて言える暇があるのなら常に前進あるのみです」

実際、そうやってシャーロットはケインのことを追いかけてきたのだろう。たくさんの噂話を収集し、ケインに近づくために前に進んできたのかもしれない。

「……ケインの情報だったわよね」

低く告げられたグレイスの台詞に、顔を上げたシャーロットがにやりと笑った。

「はい。頂けるのでしたら、私も全身全霊でお手伝いいたしますけれど？」

そうだ。アマンダとアンセルの関係は未だ謎なのだ。アンセルが何を思ってアマンダに宝石のデザインを頼んだのかはわからない。だが。

「――力を貸してもらっても？」

「喜んで」

にっこりと微笑むシャーロットに一つ頷き、グレイスは顔を上げた。まずは憶測でものを考えるのをやめなければ。そして、相手をきちんと見極める。外からの情報と、自分の見たものを突き合わせるのだ。

「アンセル様ッ」

平行線の議論をしていた二人がはっと振り返り、視線の先でグレイスが胸を張る。

「アンセル様がヒューイット夫人に宝石を頼まれ、それが私のためだということはわかりました。その件に関して嬉しく思ってます」

途端、ぱあっとアンセルの顔が喜びに輝いた。

「グレイス……君はわたしからの贈り物を辞退することが多いから、実は今回も内緒」

「ただし」

そのアンセルの喜びに水を差すように、グレイスは堂々と宣言した。

「広告塔の件も、喜んでお引き受けします！」

こうして、唖然《あぜん》とするアンセルを尻目に、アマンダとシャーロットとグレイスの奇妙な関係が始まったのである。

4　霧の中の甘い夜

「……本当にアマンダの依頼を受けるのか？　本当に？」

「しつこいですよ、アンセル様」

「しかし」

「しかしもかかしもありません」

舞踏会から半ば強引に連れ出され、ラングドン邸に戻ってきたグレイスは、延々と続くアンセルの不満に溜息《ためいき》を吐《つ》いた。本当はもうちょっとリビングか図書室でくつろいでから寝室に行こうと考えていたのに、最愛の夫は違ったらしい。

執事の「お帰りなさいませ」もそこそこに、着替えの手伝いを申し出る侍女のミリィを「わたしがやるから問題ない」と恐ろしげな笑顔で下がらせ、寝室に立てこもった。

そもそも自分専用のメイドなどいたことがなかったグレイスだ。いそいそと手伝おうとするアンセルを押し留《とど》め、不服そうな彼を残して一人衝立《ついたて》の向こうで着替えをしているのだ。きっと多分絶対、彼は不機嫌全開でうろうろしていることだろう。

よいしょ、と本日着ていたローズレッドのドレスを衝立に掛けると、光の速さで回収された。――訂正。夫はうろうろ歩いているわけではないらしい。衝立の向こうで仁王立ちしているようだ。

「……アンセル様」

「なんだ」

「そのドレス、くしゃくしゃにして放っておかないでくださいね」

試しにそう告げてみると、ややしばらく無言が続いた後。

「大丈夫だ。それほどくしゃくしゃにはしてない」

「……それほど？」

「顔を埋めただけだ」

何してるんですか、アンセル様ッ！

衝立から顔だけ出して確認すれば、妻のドレスに顔を埋めている夫が——。

「今日一日酷《ひど》いことの連続だったから、これくらいの癒《いや》しは欲しいところだ」

つやつやした生地に頬ずりする夫など見たくなかった。

「それで何が癒されるんですか!?　いいから、早く戻してください！」

指先であっちあっち、とクローゼットを指し示すも、顔を上げたアンセルはにやりと笑うだけだ。

それにグレイスは更に嫌な予感がした。

「どこに仕舞えばいいのかな？　こっち？」

ドレスを抱えたまま、大きなベッドに向かっていく。

「ふむ……ドレスを片づける場所がわからないから一旦休憩しよう」

「こらーっ」

このままではオカシナ皺《しわ》が付く。あのドレスは結構値が張ったのだ。それがしわくちゃで翌朝発見されたら、間違いなくミリィに叱られる。だが夫はお構いなしで、グレイスのドレスを抱えたままベッドに倒れ込んだ。

「ああ……最近わたしの妻が冷たいのはどうしたことなのか……」

「冷たくなんかしてません！」

「今日なんかわたしだけのグレイスでいてほしかったのにオカシナ仕事を引き受けると言い出すし」

「ですから」

ああもう、衝立から顔を出して叫んでいる場合ではないのだ。素早く引っ込むと、グレイスは必死にコルセットを取っ払い、頭からコットンのナイトウエアをかぶった。それから大急ぎで衝立を飛び出して、巨大なベッドへと大股で歩み寄った。

「あれはアマンダさんのお仕事に共感し、頑張る女性を応援しようと思ったからです！」

そんなグレイスの悲痛な叫びなどどこ吹く風で、アンセルはベッドの上にあおむけになって顔にグレイスのドレスを掛けている。完全に変態の所業だ。これが今をトキメクオーデル公爵の実態だと知られたら――。

「アンセル様ッ、返してください！」

ドレスを掴《つか》んで引っ張ると、代わりにとばかりに腕を取られた。あっという間にベッドに引きずり込まれる。

「ちょ」

ふわっとドレスのスカートが広がり、グレイスは大急ぎで手を離した。

これを持ったままベッドに引きずり込まれたら、オカシナ皺が付くに決まっている。他にも色々……色々不都合がありそうだ。床にぱさりと落ちたドレスを恨めしそうに見つめ、それから、背後から自分を抱き締めるアンセルの腕を叩《たた》く。

「何考えてるんですかっ」

「それはもちろん君のことばかりだよ」

……そういうことをさらっと言わないでほしい。真っ赤になりながらも、グレイスは言葉を探した。

「わ、私だって……」

どうにかもぞもぞ動き、拘束しようとするアンセルの腕の中で向きを変える。妻がこちらを向こうとしていることに気付き、片肘をついて上半身を持ち上げたアンセルが、綺麗《きれい》なダークブルーの瞳にグレイスを映した。

しばらく無言で二人は見つめ合った。じわじわと、二人の身体《からだ》の奥から何かが溢《あふ》れてくる。ランプの灯《あか》りの下で、彼女の白い頬がほんのりと桜色に色づいた。

「……私だって……アンセル様のことしか考えてません」

アマンダの提案を受け入れたのだって、確かに彼女の頑張りを応援できることがあるのなら……という気持ちもあったが、本当の理由は彼女のことを知りたかったから、という不純なものだ。

「アンセル様の……ことしか――」

自分はこんなにも彼の過去を気にしてやきもきしているというのに、当の本人が呑気《のんき》な素振りでいるのが歯がゆい。それに、自分がアンセルの過去を何一つ知らないというのもある。

きゅっと唇を噛《か》んで見上げるグレイスの、その灰色がかった透明な瞳がじわりと揺れた。そこに涙の影を認めて、アンセルが大急ぎで彼女を抱き締めた。

「何故《なぜ》泣く……」

「泣いてません」

「泣いてるだろ」

「これは――その、眠いだけです」

ムキになってそう告げると、宥《なだ》めるように腰を撫《な》でていた手つきが急に色を帯びた。

「……眠い？」

彼の指先が、腰から離れてグレイスの肌を彷徨《さまよ》い、背中の窪《くぼ》みを軽く押す。

「あ」

短い声が漏れ、グレイスは大急ぎでアンセルの肩に顔を埋めた。こういう反応をしたいわけではない。だが声が出てしまうのは、しつこく愛された結果だ。不可抗力だ。かあっと耳まで赤くなる妻から、酷く甘やかな反応を引き出せたのが嬉《うれ》しくて、アンセルが更になまめかしく、揶揄《からか》うようにゆっくりとその手を温かな身体に這《は》わせた。

「わたしのことしか考えてないと言ったが……具体的には何を？　どんな風に？」

つーっと背中を這い上がってくる掌《てのひら》に、腰からぞくぞくが駆け抜けていく。

「教えません」

ぎゅっとアンセルのシャツに縋《すが》り付き、身体の中心から溢れてきそうになる言葉を必死に飲み込む。

それでも彼の手は止まらず、グレイスは目を閉じた。

「教えて」

甘い声が耳を犯し、微《かす》かに笑ったような吐息が耳朶《じだ》をくすぐる。それでも負けるものかと、グレイスは触れている彼の胸元をきゅっとつねった。

「痛っ」

「悪さしないで。私は……お、怒ってるんですから」

「怒るって……何に？」

アンセルの台詞《せりふ》に深く考えることなく、グレイスの唇から言葉が零《こぼ》れ落ちていく。

「ドレス、ぐちゃぐちゃにしようとしたこと。それから私がアマンダさんの仕事に協力することを否定してること」

「それは」

「あとッ」

アマンダは危険だ。近づかないでほしい。そう訴えようとするアンセルに、彼女は言葉をかぶせた。

「私以外の女の人と仲良くしてることッ」

ぐっと顔を上げ、むーっと睨《にら》み付けてくるグレイスを、男はしばしぽかんとした表情で見下ろした。

私以外の？　女の人と？　仲良くしてる――？

ここ最近の記憶を掘り起こし、アンセルは考えた。

グレイス以外の女性と仲良くした事実に思い当たらない。そもそも、出かけるのはほぼグレイスと一緒だし、議会のあと立ち寄るのも紳士クラブばかりだ。それも三十分もしたら抜けて帰ってきている。自分が他の女性と仲良くしたことなど一切ない。

「してるつもりはないが……？」

「嘘《うそ》！」

そう呟《つぶや》き、グレイスの口角が更に下がった。心なしか頬が膨らんでいる。そんな典型的な「拗《す》ねた表情」が目の前にあって、アンセルの思考が端から溶け始めた。

（――っていうか、可愛《かわい》いな……）

「な、仲良くしてたじゃないですか！」

「いつ？」

「今日です！」

「今日？」

今日一番の自分的なハイライトは、グレイスを人前で抱き締めてアマンダから妻を隠し――そう思い返して、もしかしてアマンダのことを言われているのかと、アンセルははたと気付いた。

「心外な！」

「え？」

驚く妻の肩をがしりと掴んで、彼は至近距離から彼女の瞳を覗《のぞ》き込んだ。

「まさかアマンダとの関係を言ってるのではないだろうな⁉」

眉間にぐーっと皺の寄るグレイスを見て、アンセルは大声で叫びたい衝動に駆られた。

違う！　とんでもない誤解だ、心外すぎる！

「グレイス……彼女とは君が考えているようなことは一切ない」

知らず彼女の肩を掴む手に力が入った。当然だ。

彼女は親友の妻だった存在で、確かに義務からプロポーズしたが、当時も今も恋愛感情は一切持っていない。向こうだってそうだろう。二人ともに「友人」という感覚の方が強いのだ。アンセルに至っては彼女のことを「女」だと認識すらしていない。

「彼女は親友の妻で、わたしにとっては腐れ縁のような間柄だ！」

妻のその、冬の空のような、綺麗な灰色の瞳が曇るのを見るのが嫌で、彼女の両肩をぼふっと敷布に押し付ける形で圧《の》しかかる。

「オカシナ感情はないよ」

こつん、と額に額を押し当て、更にすりっと擦り寄る。それでもグレイスの中にわだかまっている「不信」は消えなかった。

「でも……アンセル様がアマンダさんにプロポーズしたと噂《うわさ》になってます」

また噂か、と込み上げてくる溜息を、アンセルは必死に呑み込んだ。

「それは友人から彼女の今後を頼まれていたから仕方なく――」

「仕方なくプロポーズしたのですか⁉」

藪蛇《やぶへび》だった。

「そうじゃない！　いや……結果的にはそうなったが……でも違うんだ」

「何がどう違うんですか？」

じいっと見つめてくるグレイスの瞳が、きらきらと光っている。そこに混じっているのは期待半分不安半分の複雑な感情だとアンセルは気付いた。

今ここで、アマンダとの関係は友人以上になりはしないと説明するのは困難だ。何故なら、自分と親友とアマンダの関係の全てをグレイスに話すには、時間が足りなすぎる。それに、この話は当の本人から伝えてもらった方がいい部分もある。

そう考えて口ごもっていると、自分を見つめているグレイスの眼差《まなざ》しが、時が過ぎるにしたがって色褪《あ》せていくのがわかった。失望がその顔に過《よぎ》るのを見たくなくて、アンセルはキスを落とした。

「!?」

途端、グレイスの身体が固くなる。確かに物理的に「口を塞ぐ」ことで質問をなかったことにしようとするのは卑怯《ひきょう》だと後ろめたく思う。だがこれ以上グレイスを悲しませるわけにはいかない。

抗議するように彼女が手を持ち上げたが、アンセルは乾いた大きな手でグレイスの手首を掴んでシーツに縫い留めた。ならばと、彼女が声を出そうと唇を開くが、アンセルが巧みに舌をなだれ込ませる方が先だった。

ランプの灯りだけが満ちる寝室に、消えた言葉の代わりにキスの濡《ぬ》れた音だけが響く。時折どちらのものともつかない甘い吐息が溢れ、ベッドに沈められていたグレイスの身体から、徐々に力が抜けていった。

そんな彼女の最後の抵抗が、掴む手首から抜け落ちるのを感じて、アンセルがグレイスの下唇を軽く噛んで吸い上げてから、満足そうに唇を離した。

「あんせるさま……」

ろれつが回らない甘い声が、グレイスの唇から漏れる。どうにか諫《いさ》めようという意図が感じられたが、アンセルにしてみれば可愛いだけで怖くもなんともない。睨み付ける目元にキスをし、彼はぎゅうっと妻を抱き締めた。

「はなしはまだ……おわってません」

はふ、と吐息を漏らした妻が、震える指先で夫のシャツの背中を引っ掻《か》く。そんな可愛らしい抵抗を宥めるように、アンセルは耳元で甘く囁《ささや》いた。

「そうか？」

「はい……まだ……アマンダさんの……んぅ」

再び唇を塞ぎ、心行くまでキスをする。舌を絡め合わせ、感じる場所を突く。歯列の裏や上顎を舐《な》められたグレイスの身体が震えた。

「んっ……んあ」

とろん、と溶けた顔をする妻に、アンセルは突き上げてくるような欲求を腰の奥に覚えた。

「グレイス……」

熱に浮かされたように、自分の吐息も身体も熱いのがわかる。

「君にだけだよ……こうなるのは」

ぐ、と自らの腰の昂《たかぶ》りを妻に押し付けると「ひゃん」と彼女の口から甘い声が漏れた。それが更にアンセルの劣情を煽《あお》った。

「君にだけなんだ……」

「あ」

止められないし止める気もないと、アンセルはグレイスのナイトウエアに手をかけた。


「あっあっあ」

大きく脚を広げられて、溢れる蜜に濡れた泉に執拗《しつよう》に楔《くさび》を打ち込まれる。

これは何回目だろうか、とグレイスはふわふわして霞がかった脳内で必死に考えた。

……三回目、までは覚えている。だがその三回目で意識を飛ばし、そこから後はうろ覚えだ。

(なんで……こんな……)

自分の声が枯れているのがわかった。でも、身体の中心から、自分とは違う熱に追い上げられて漏れる声を止めることができない。

「あっあっ……ふっ……んっ」

こうやって穿《うが》たれ、度重なる快楽から逃れようとすれば、容赦なく腰を掴まれ楔を深く叩き込まれる。身を捩《よじ》る先から熱い手が身体を撫で、熱の中に引きずり込むよう、焼けるように熱い肌が絡みついてくる。不意に、身体ごと揺さぶられ、揺れる白い果実の先端を熱い唇が食《は》んだ。

「ふあ」

びくっと背が反り、それに合わせるようにアンセルがより深く腰を突き入れた。

「っ……イイのかな？　凄《すご》く良い反応だ」

「あっやっやあ……」

ぐちゅ、とより一層濡れた音がし、グレイスが首を振る。汗に濡れて額に張り付く前髪が、ランプの灯りを弾《はじ》いてきらきら光った。それにうっとりした眼差しで手を伸ばし、アンセルが払う。そのまま顔を撫でられ、その冷たい指先にグレイスの身体が震えた。きゅっと膣内《なか》が締まる。

「っあ……グレイス……」

溶けた声が名前を呼び、震えるグレイスの身体に更に深く速く、腰を打ち付ける。

もう何度目になるかわからない、意識がバラバラになりそうなほどの強烈な快感に、グレイスが激しく首を振った。

「も……やあ……やめ……」

ああでも、ここでやめられたら、身体を奥から焼き尽くす熱から逃れられず、死ぬほど苦しむだけだろう。でもこのまま絶頂を迎えたら自分が一体どうなるのか……。

「やあ……だめ……やだ……アンセルさまぁ」

「グレイス」

反射的に逃げようとする彼女の腰を捕らえ、更に足を抱え込む。深くほぼ真上から打ち付けながらアンセルはグレイスの耳元に妖しく囁いた。

「わたしをここまで狂わせるのは君だけだし、こうしたい相手も君だけだ」

他には何も欲しくない。何も要らない。君がこの熱を受け止め、傍《そば》にいてくれるのならそれで——。

「だからわたしを——信じてくれ」

こんな方法間違っている。愛と快楽は違う。でも、全く対極かと言われると、それも違う。

グレイスはアンセルしか知らないが、アンセル以外とこういうことをしたいとは思わない。愛している人と繋《つな》がるのは、幸せで温かくて心地よいものだ。ただ思考回路が甘く溶けて、真っ当な思考や感情が彼方《かなた》に飛んでいくのだけが気がかりなのだ。

今ここで、アンセルの言葉に頷《うなず》いて、全てをうやむやにしていいのだろうか。

(いいわけ……ないですっ)

追撃の手を止めないアンセルの肩に、グレイスは手を伸ばした。

「アンセル様……アンセル様のことは……愛してます……けど」

ぎり、と爪を立てられ、男が息を呑《の》む。そっと身体を起こすと、熱に浮かされた眼差しのグレイスが、震えながらこちらを睨んでいた。

「信じてもいます……けどっ」

伸ばした指が、アンセルの顎に触れる。

「こういうことをしてる時の言葉は信じられません〜」

ふえっと歪《ゆが》んだ顔で訴えるグレイスの、至極もっともな台詞だが。

「——信じて」

グレイスの顔中にキスの雨が降ってくる。この攻撃は卑怯だ。

「や……やめ」

「愛してるんだ……」

「知ってます！　でもこれは……あっ……」

「すまない」

いやいやと頬を赤く染めて首を振る姿が可愛くて、アンセルの楔が硬くなり再びグレイスの奥を暴き始める。追い上げられ、グレイスの手が縋るように彼を抱き締めた。

「いや……あ……あっ」

深い所から込み上げて、全身を駆け抜けていく絶頂感にグレイスは自分の意識が甘い縁を転がり落ちていくのを感じた。そして、彼から教えられ、与えられた熱の中に、全身が溺れていくような気になるのだった。

5　レディ・シャーロット

アンセルの「言葉ではなく行動で愛情を示す」作戦は結局、翌日から警戒し始めたグレイスによって全力で拒まれるという結果になった。だがまあ、アンセル的には想定内の出来事だった。根気よくいちゃいちゃすればグレイスの機嫌も元に戻ると楽観視してもいたし。

だがまさか、その根気よく「いちゃいちゃ」が不可能に等しくなるとは思っていなかったのだ。

何故《なぜ》なら。


「グレイス、今日は一緒に公園にでも行かないか？　移動遊園地が来ているらしいんだが」

「ごめんなさい、アンセル様。今日は第一回広告塔戦略会議なので失礼します」

「グレイス～、キングスストリートの南に美味《おい》しい紅茶の店ができたそうだが」

「すみません、アンセル様。今日はアマンダさんとライバル店舗の視察に行く日なんです～」

「グ、グレイス！　先日西側に新しく出来たばかりの巨大な橋を見に――」

「申し訳ありません、御前、奥様はレディ・シャーロットと会合という名のお茶会のご予定です」

「納得いかないッ」

がん、と書斎のデスクに額を押し付ける兄に、ケインは遠い目をした。というか、このシチュエーションに陥る機会が多すぎる気がする。

「仕方ないだろ？　アマンダ・ヒューイットの依頼を受けた上に、何故かあの、レディ・シャーロットと仲良くなっちゃったんだから」

シャーロットが自分にただならぬ感情を抱いていることにケインは気付いていた。この一年、遠くからでもわかるくらいの熱すぎる視線を送られ、思い詰めた表情で一挙手一投足を見守られては、どんなに鈍い男でも気付くというものだ。だからいつかきっと、彼女も他の令嬢と同じように自分に声をかけてくるか、目の前で具合を悪くして気絶する振りをするのではないかと警戒していた。

だが、彼女がとったのはまさかの、兄嫁と仲良くなるという手法だったのである。

思い切ったことをしたもんだ……とどこか遠いところで考えながら、当家の公爵夫人もかなり規格外だったなと思い直す。

「というか、グレイスが普通と違うおかげで、その辺のご婦人よりよっぽど忙しくないだろ」

社交大好きな奥様の話を紳士クラブでよく聞く。彼女達は社交シーズン中、毎日のようにパーティやらお茶会やら夜会を開き、何かにつけてはドレスを新調して方々を飛び回っているそうだ。

自分が開いたパーティの評判を気にし、周囲と差をつけることを画策する彼女達の、いわゆる「女の戦い」が凄まじいのも、開かれる会に参加する度聞こえてくる囁《ささや》き声で知っている。

壁の花だったグレイスが、その戦いを知らないわけがなく、自分にはそういった催しを開く能力はないと早々に諦める気持ちもケインにはよくわかった。実際、公爵家でのパーティ開催を望まれているが、今のところグレイス主催のものは取り仕切られていない。小規模でもいいからそろそろ開かなくてはいけないだろうな、とこの屋敷で唯一の常識人と言っても過言ではないケインは考えていた。

その際に、レディ・シャーロットはともかく、アマンダ・ヒューイットは力になってくれるだろう——アンセルと過去に何かあった、という、その一点だけが引っかかるが。

「で？　宝石リメイクの話はどうなったんだよ」

アマンダが、あまり聞こえてこないアンセルのロマンスの一端だと知っているケインが、ほんの少し探りを入れるべく尋ねてみた。

「午後には品物を見てもらう予定だ」

デスクに顔を埋めるアンセルの呻《うめ》き声にケインがふむ、と腕を組んだ。

「自分達が新しく作った店を見てほしいと言われてるからな、こちらから出向く」

「来てもらうのか？」

その台詞《せりふ》にケインは少々驚いた。

「言っても彼女は商人だろ？　公爵様を呼びつけるなんて大胆だな」

目を見張るケインに、顔を上げたアンセルが仏頂面で答えた。

「彼女にはなるべく当家の敷居を跨《また》いでほしくない」

「——え？」

「好きこのんでオオカミをテリトリーに入れる人間がどこにいる。わたしは自分が危機管理能力の高い方だと自負してるからな」

「……オオカミ？」

「そんなことより、お前も何か用があって来たんじゃないのか？」

現在ケインは、公爵家の別邸で暮らしている。自由気ままな独身生活、というところだ。その彼が顔を出すのは、先代公爵夫人たる母が晩餐《ばんさん》に呼んだ時や、何か問題が起きた時と相場が決まっていた。

眉間に皺《しわ》を寄せたままそう尋ねると、「うーん」とケインが歯切れ悪く返した。

「一応さ、この屋敷にも未婚の令嬢がいるだろ？」

「……姉上か？」

「そう」

自由奔放に生きているのは何もケインだけではない。姉のメレディスもまた、亡くなった父から自由にできる遺産をかなり多く受け継いでおり、それを順調に運用し一人で十分に暮らしていけるだけの資産を持っていた。そのせいか、結婚に興味を示さず、母が苦肉の策で婚約者選びのパーティを開くほどなのだ。弟二人としては、この姉はもう、自由に生きていくんだなとそう思っているし、「未婚の令嬢」と姉を指すのは至極場違いな気もしている。

だが世間から見れば、メレディスはれっきとした未婚の淑女だ。姉の物おじしないあでやかな笑顔を思い出しながら、ケインは後頭部をがしがしと掻《か》いて呻くように告げた。

「実は最近妙な噂《うわさ》があってさ。トリスタンから聞いたんだけど」

公爵家に嫌がらせが続いていた際、調査を依頼した元警察官の探偵の名前が出て、アンセルは背筋を正した。あれ以来、二人はちょいちょい出歩いているらしい。

「最近、未婚の若い女性を狙った詐欺まがいの行為が横行してるらしい」

初めて聞く話だ。

「報道はされてないのか？」

「ああ。どうもその……詐欺というには女性からの届け出がなくて、詐欺事件に巻き込まれているのかどうなのか判断がつきづらい状況らしい」

そんな曖昧な状況なのにもかかわらず、姉を心配するのはどうしてなのか……という疑問がアンセルの顔に浮かんでいたのだろう。ケインが腕を組んでソファに凭《もた》れかかった。

「これは内緒なんだけどさ、実は令嬢が一人、その詐欺まがいの話に乗って失踪してるんだよね」

はっと身を強張《こわば》らせるアンセルに、彼は「トリスタンが無事に見つけてる」と慌てて付け加えた。

「だがその……無事だったことは無事だったけど……自分は絶対に騙《だま》されていない、彼と結婚する約束をして家を出た、私はもう彼のものだとずーっと言ってるそうなんだ……」

「……実際には結婚してないんだろ？」

怪訝《けげん》そうな兄に、「まあね」とケインも歯切れ悪く返す。

「で、トリスタンが令嬢に聞いたところ、彼女が結婚したその男は、どうも物語の主人公らしいんだ」

驚いたようにアンセルの目が大きくなる。肩を竦《すく》めたケインは微妙な表情で先を続けた。

「架空の人物と結婚した、だなんて言い出されたら、ご両親も驚いて頭を抱えるってものだろう。で、こんな普通とはちょっと違う、『過度な思い込み』の裏に何があるのか、気になったトリスタンが調べたところ……例の……レイドリートクリスタルが関わってそうだと」

途端、アンセルの瞳が驚愕《きょうがく》に大きくなり、みるみるうちにぎらぎらと輝き出した。

レイドリートクリスタル……それは自分達に嫌がらせをしていた犯人の、その異様な狂気と妄想を駆り立てた宝石である。隣国レイドリートで採れるその鉱物は、持つ人の潜在能力を高めるだとか、今はすたれてしまった魔法が使えるようになるとか、とにかく曰《いわ》くつきのものなのだ。

「なんでもそのご令嬢は、手に入りにくいそのクリスタルを屋敷に来た商人から買ったそうなんだ。だが、令嬢の両親に心当たりはなく、謎の商人になかなかたどり着かない。更に深く調べてみたら似たような詐欺事件が頻発してたらしくてさ。ターゲットが未婚の女性だっていうから、一応気を付けた方がいいっていうのと、また例のクリスタルが出てきたから注意喚起に来たってわけ」

「わかった、気にしておく。というか、そういう事情ならお前もうちに帰ってくればいいだろう」

立ち上がって書斎を出ようとしたタイミングでそう言われ、ケインは嫌そうな顔で振り返った。

「なんで新婚夫婦のいちゃいちゃを間近で見なくちゃいけないんだよ。それに、二人と一緒にいるとろくなことにならない気がする」

「お前な……」

身震いする真似《まね》をして、じゃあね、と告げケインはさっさと部屋から出ようとした。と、廊下の奥で「ひゃっ」という短い悲鳴と「申し訳ありません、お嬢様っ」というメイドの声が聞こえてきた。

「お怪我《けが》はありませんか⁉　ああもう、私ときたら……」

「大丈夫大丈夫、私もぼーっとしてたから」

角を曲がった向こう、階段の手前で手にしていたスケッチブックを落としたらしい女性が、メイドの手を借りて紙束をかき集めている。

「これで全部でしょうか」

「ええ……」

頷《うなず》く女性に、メイドが一歩下がってお辞儀をし、仕事を続けるべく階段の方へと歩いていく。

残されたのは、膨らんだ金髪を無理やりバンドに押し込めて整え、薄い水色の瞳をした令嬢だった。

「レディ・シャーロット……」

これは驚いた、とケインが目を見張る。まさか自分のストーカーちゃんが、屋敷への潜入を果たしているとは思っていなかったのだ。知らず知らず警戒し、愛想笑いを張り付ける。振り返ったシャーロットが、大急ぎでお辞儀をした。

「ロード・ケイン。ご、きげんよう」

「はあ……」

「ケイン、何をして……」

戸口で固まったのち、いなくなったケインを不審に思ったのかアンセルも廊下に顔を出す。そして妻の新しい友達を見て目を見開いた。

「レディ・シャーロット！　今日は妻とお茶会でしたね？」

アンセルがケインを通り越して大股で歩み寄る。ぎゅっと手を握られて、シャーロットがどぎまぎしたように視線を泳がせた。

「はい、あの……例の広告塔の件で……協力を依頼されてますので……」

「聞いてますよ。レディ・シャーロットに売り出すジュエリーのデザインを頼んだと」

「いえ……頼まれたというか押し付けられたというか……不本意というかなんというか……」

ははは、と低い声で笑い、ぎゅっとスケッチブックを抱き締める。

「見せていただいても？」

少し首を傾《かし》げ、女性なら誰でも虜《とりこ》にしそうな笑顔でアンセルが告げた。兄は基本的に誰にでも優しいし、誰にでも魅力的に振る舞える。それはつまり、誰にでも公平であると同時に、誰にも等しく興味がないということだった。唯一の例外がグレイスだ。彼女に対してだけ、アンセルはケインですら見たことのない表情をする。そのアンセルが社交全開に、眩《まぶ》しげな笑顔を振りまいている。

おそらくシャーロットも兄の魅力に流されて、持っていたスケッチブックを差し出すのだろうなと、ケインはどこかでぼんやり考えていた。のだが。

「ちょうどグレイス様にお見せして、ご意見を伺うところでしたのでご一緒にどうですか？」

きゅっと唇を結び、顎を上げた彼女が一息に、てきぱきと告げた。そのまま早足で歩き出すシャーロットにケインは驚いた。まさか彼女から何かを提案されることがあるとは思っていなかったのだ。

「君がデザイン担当って、一体どうして」

ほんの少し興味が湧いて尋ねると、何故かシャーロットの背中がぎくりと強張るのがわかった。

まあ、そうだろう。彼女にしてみればケインは憧れの存在で、話しかけられたりダンスをしたりする相手というよりは、その妄想の相手といった方が正しいのだから。今まで話したことがあるとすれば挨拶程度で、その挨拶すら覚えていない。

ちょっと刺激が強かったかな、なんて呑気《のんき》なことを考えていると、シャーロットはリビングに向かって歩きながら緊張しきった早口で答えた。

「第一にアマンダさんがグレイス様を広告塔として売り出す予定の物が、どうもグレイス様ご自身がイメージする物とはかけ離れていたこと、第二に、お茶会をした際、我が家に飾られていた私の絵をグレイス様がご覧になって、これだけお上手ならデザインとかもできるのではないかと発言されたことに由来しています。私は無理だと散々申し上げたのですが聞き入れられず、こうなっては今日描いてきたものをご覧いただき、使えるわけがないと断ってもらおうという魂胆でございます」

「没にしてもらうために描いたのか？」

驚いたようなアンセルの言葉に、シャーロットがふるっと首を振った。

「逆です。全力投球して出来上がったものに微塵《みじん》もセンスがないことが証明されれば、これが素人の限界かとお二人が諦めてくれるはずです」

それはまた……なんとも複雑な心境だ。

「君も案外苦労性だな」

呟《つぶや》き、「さ、着いたよ」と扉の前で立ち止まったケインが、シャーロットの横から手を伸ばす。そのまま押し開けると、恨めしそうにこちらを見上げる彼女と目が合った。

大きく澄んだ、春の空のような眼差《まなざ》しがじいっとこちらに注がれている。

一体何がきっかけで、シャーロットが自分を羨望と憧れが混じったような眼差しで見るようになったのか、ケインにはわからない。一度そのきっかけを聞いてみたいと思っていたのも事実だ。

（まあ、たいして話したこともない相手に恋慕の情を抱くなんて……それこそ極度な思い込みなんだろうけど……）

とケインは先程の詐欺まがいの話を思い出した。連れ戻された令嬢は未《いま》だに、目に見えない相手と楽しそうに語っているという。彼女の診断を任された医師は、思い込みを増幅させる作用の薬物……一種の麻薬のようなものを体内に摂取し、それが正常な判断に害を及ぼしているのではないかと考え、半年以上、静かな場所で療養し、その毒素が排出されるのを待った方が良いと提案したらしい。

もしかして彼女もそうなのでは……と視線を落とせば、こちらを見上げたシャーロットの瞳に微《かす》かな期待が宿っているのが見えた。それが増幅された恋慕なのかどうなのか、ケインには判断がつかない。曖昧に笑みを返し、彼はぎこちなく視線を外した。取り敢《あ》えず、今はその話はおいておこう。

「レディ・シャーロットを連れてきたよ」

扉を押し開けると、中にはグレイスと……何故かアマンダがいた。

「どうして君がここに⁉」

部屋に入るなり、開口一番アンセルが噛《か》みついた。

「失敬な。私は奥様とレディ・シャーロットに用があって来たまでだ」

「私がお呼びしました。デザイン画を一緒に見てもらおうと思って。それより、アンセル様。お仕事はよろしいいので？」

眉間に皺を寄せ、こちらをむーっと睨《にら》むグレイスに男は素早く近寄ると、ちうっとキスを落とした。途端妻が真っ赤になった。

「アンセル様ッ」

「ここはわたしの屋敷だ。わたしの好きにさせてもらう」

「だからって兄さんがその狭いソファに無理やり座る理由にはならないだろうが」

そんな弟の揶揄《やゆ》などどこ吹く風で、アンセルはグレイスが座る一人掛けソファの肘掛けに腰を下ろし、さりげなく腰に手を回した。あからさまに嫌そうな顔をするアマンダと、こちらを直接見ないようにしながらもちらちら確認するシャーロット。その様子にふと、自分がここにいる意味があるのだろうか、とケインは腰を下ろしたところで疑問に思った。が、遅かった。

「これ、本当にシャーロットが？」

心の底から驚いたようなグレイスの声にケインが我に返る。全員が身を乗り出し、シャーロットが抱えていたスケッチブックを覗《のぞ》き込んでいた。ローテーブルの上に広げられたスケッチは、確かに驚くほど上手で、百合《ゆり》の花を模したデザインが描かれていた。

「これは……」

驚く兄の横で、ケインも感心してしまった。

「へ～、よく描けてる」

「凄《すご》いわ～……シャーロットってこういうのも描けるのね」

きらきらしたグレイスの眼差しを前に、彼女は微かに視線を逸《そ》らした。それからちらりとケインを見上げる。

「今のデザインでどういったものが流行《はや》っているのかちょっとわからなかったので、過分に古いかもしれませんが喜んでいただけて光栄です」

早口に告げてぺこりと頭を下げる。

「確かに少々デザインが古く見える部分もあるが……それを直せば凄くいいものになりそうだ」

素敵です、とにっこり微笑《ほほえ》むアマンダに、シャーロットが酷く曖昧に首を振る。その表情にどこか、硬い部分が見えてケインはおやっと首を傾げた。

そういえば、デザインを頼まれたことを喜んでいなかった。使えないと断られることを前提にしていたイメージである。……ひょっとして受け入れられたことが嬉《うれ》しくないのだろうか。

「レディ・シャーロットは……絵が得意なのですか？」

思わずそう尋ねると、弾《はじ》かれたように顔を上げた彼女が、その空色に真っ直《す》ぐにケインを映す。

「絵は好きですね。物語も。自分の世界をそこに構築できますので」

真顔で告げられた内容に、ケインはぎくりとした。それから慌てて視線を逸らす。不意に胸中をぐるぐると、疑念が巡り出した。本当に彼女……例のおかしな詐欺に引っかかってないよな？

そんなケインとシャーロットの間に流れる微妙な空気をものともせずに、アマンダがスケッチをまとめて取り上げた。

「とにかく、これらを一度預からせていただいても構いませんか？」

「え？　あ、はいどうぞどうぞ」

「このデザインを君の宝飾店の宣伝に使う方向なのか？」

妻の手を取り上げて、指の間を撫《な》でていたアンセルが尋ねる。じっとスケッチブックに視線を落としていたアマンダが、はっと顔を上げた。

「そのまま、ということは確約できないがな」

「というか、君がここに来ているのならわたしの依頼の打ち合わせもしたいんだが」

屋根裏から下ろしてある宝石類を持ってこさせようと、アンセルが立ち上がった。それにアマンダが涼しい顔で告げた。

「そうか。では予定通りそれを私の店まで運んでもらって、一緒に行こう」

「何故!?　今ここで見てもらえば十分ではないか!?」

思わず反射的にそう切り返すアンセルにアマンダが溜息《ためいき》を吐《つ》いた。

「これは奥様へのサプライズなのだろう？　ここであれこれ話をしては無粋というものだ。レディ・グレイス、申し訳ないが、少々旦那様をお借りいたしますがよろしいですか？」

「オイ待て！　ここにいるのだから百歩譲ってわたしの書斎で十分だろうが！」

「公爵には是非私どもの店をご覧いただきたいのです」

「じゃあ妻も連れて行く」

「ですから、それだと奥様へのサプライズにはならないでしょう。ほら、行きますよ、公爵」

「アマンダ！」

スケッチを抱えて歩き出すアマンダを、歯噛みした公爵が追いかける。

その様子を見送りながらグレイスは、溜息を零《こぼ》した。

「やっぱり二人には何かあるのでしょうか」

「それはないです」

「それはないな」

同時に二人から同じ台詞が飛んできて、グレイスは顔を上げた。

「確かに公爵閣下がアマンダさんにプロポーズしたという事実があります。ですが、それを断ったと彼女はおっしゃってました」

「――付き合っていたという話はない？」

「兄さんにとっての『お付き合い』は、お茶会で大人しく紅茶を飲んでる関係にも当てはまるからな。実際に甘い関係だったとは思えないよ」

「そうなのですか!?」

思った以上に気にしていたのか、グレイスの声が上ずった。その彼女をしっかりと見つめて、ケインが微笑んだ。

「そーだよ。兄さんが己の判断を狂わせて、嫉妬に嫉妬を重ねた上に、考えられないような朴念仁になってるのは君にだけだよ、グレイス」

公爵夫人を指すのに相応《ふさわ》しくない言葉だが、ケイン的にはこれが真実だと思っている。グレイスはいささか不服そうではあるが。そんな二人に「あのぉ」とシャーロットが声をかけた。

「……よろしければ私が激推しする、今女性に大人気の魔法道具のお店をご紹介いたしますが、グレイス様はそういったものに興味はございますか？」

なんでそうなる⁉

怪しげな単語の登場に、ケインの笑顔が引きつった。それを気にする様子もなく、すくっとシャーロットが立ち上がる。

「相手のことを信用している……でも、どうしているのか気になって仕方ない。そんな時に、相手の気持ちをこっそり占えてしまうアイテムが目白押しなんですが……」

その提案は、グレイスの中に今までなかった可能性を刺激したらしい。見る間に彼女の瞳が輝きだすのがケインにはわかった。現在までの彼女の行動パターンからいけば、アンセルを尾行する一択だったはずだ。それが、つけ回さなくても気持ちが知れるなんて……というところか。

「……なんかそれって相手を信用していないような気がしないか？」

思わずそう口を挟むケインに、シャーロットが困ったような顔で告げる。

「信用させてくれない相手が悪いのではないかと思うのですが」

やんわりと告げらたそれに、ケインが軽く目を見張った。確かに……そうなのかもしれない。

そっと隣をうかがえば、更に気持ちがぐらついているグレイスが目に飛び込んできた。

「いかがいたしますか、グレイス様。良ければご案内いたしますよ？」

この流れに、嫌な予感しかしない。だがもう少し考えろとそう訴える前に。

「……覗くだけ覗いてみたいかも」

「あ、おい、グレイス⁉」

行動力だけは有り余っている彼女が「そうと決まれば」と大急ぎで部屋を出ていく。その後ろ姿に、ケインは頭痛を堪《こら》えるように額に手を当てた。まあ、何か起きるとは思っていない。あのトンデモナイ三日間に比べたら、恐ろしい何かに追われているわけでもないのだから平和なものだろう。

だがなんとなく……グレイスを一人で行かせてはいけない気がするのだ。

「ロード・ケイン」

そんな風に考え込んでいたケインは、そっと囁かれた声に顔を上げた。グレイスと一緒にリビングを出たと思っていたシャーロットがきちんと両手を揃えて立っていた。

「……何か？」

やや困惑して尋ねるケインをシャーロットはしっかりと見つめ、思い切ったように声を出した。

「レイドリートクリスタルは本物です」

「……え？」

怪訝な顔をするケインに、彼女は服の上から胸元をぎゅっと握り締め、更に畳みかける。

「貰《もら》った時は半信半疑でしたが、これにお祈りするだけで、私、強くなれる気がするんです。実際こうしてケイン様と今までにないくらい話ができるようになったのも、クリスタルのおかげ――」

「ストーップ」

片手を前に出し、ケインが呻くように告げた。

「――もしかして君、さっきの話、聞いてたのか？」

思わず顔をしかめて尋ねると、シャーロットは気まずそうに視線を逸らした。それから「ええまあその、私のケイン様を感知する感覚は魔法の域で……」ともごもごと話す。

「……立ち聞きしていいことは何もないぞ？」

「そうなのですが、立ち聞きできる位置にいられることが既に僥倖《ぎょうこう》というかなんというか……」

今後は実家でも用心しなければいけないのかと溜息を吐いたケインはふと、彼女がレイドリートクリスタルを持っていると恐るべき発言をしたことに気が付いた。

「というか、レディ・シャーロット。今、レイドリートクリスタルを持っているって……」

ケインの質問に、彼女がこっくりと頷く。

「私を幸せにしたレイドリートクリスタルを悪く言われるのは我慢なりません。なので、是非、ケイン様ご自身の目で見て判断していただきたいと……そう思ったのです」

そのままぺこりとお辞儀をし、背筋を伸ばして歩き去るシャーロットに、ケインはますますこの二人だけで行かせてはいけないなと思ってしまうのであった。

6　実は妻が囮だと知った公爵

「それで？　わざわざわたしを呼びつけたのには何か理由があるんだろ？」

一等地と言われるキングスストリートから東に、書店や仕立て屋、弁護士事務所などが立ち並ぶグレンストリートがある。その中心部近くにアマンダの店があった。

宝飾店ということだが、店の造りは事務所のようで、一階に受付があり、来店者はそこで持っている荷物を全て預けるように促される。それから奥の応接間に通されて、アマンダ他、従業員が話を聞いて好みのものを金庫から持ってくる――というような感じだ。

商品をディスプレイしたり、大々的な看板を掲げているわけでもないこの店を見てほしい、というのはオカシナ話だ。ということは、自分をここに呼びつけたのには別の理由がある、とアンセルが気付くのは当然だった。

「話が早くて助かるよ」

応接間にアンセルを案内しながら、アマンダは苦く笑った。

「そういう察しの良さを彼は評価してたよ」

友人の話を出され、アンセルは寂しそうに微笑《ほほえ》んだ。

アマンダはメイドに紅茶を頼むと、ソファに腰を下ろすよう促す。給仕を終えた彼女が下がるのを確認し、人心地ついたところでアンセルは「それで？」と切り出した。

身内にまで警戒するとは――一体何が？

「……この間の我が家でのパーティで、奥様がつけていたイヤリングがどこのデザインかすぐわかったのは、ライバルだからというのもあるが――もう一つ理由がある」

これを見てほしい、と彼女は立ち上ると部屋の奥に据えられていたキャビネットから一冊のファイルを取り出した。数枚めくって差し出されたそこには、彼がグレイスに贈ったのとよく似たデザインのイヤリングが描かれていた。

「――これは……？」

「当店で抱えている職人のデザインだ」

三連ダイヤを小さな銀色の花で飾る物なのだが、こちらのデザインには小鳥のモチーフがついていた。それがグレイスに贈った方にはない。

「このサイズの小鳥を作るのが難しかったのだろう」

素っ気なく告げるアマンダに、アンセルはややしばらく沈黙した。やがて重い口を開いた。

「他にもあるのか？」

「デザインの盗作か？」

はっきりと言われ、アンセルはふーっと深い溜息《ためいき》を漏らした。

女性の活躍を謳《うた》い、はきはきと話すミス・ソートンは他人のデザインを流用するような人間には見えなかった。だが、人は見かけによらぬものだ。こめかみを揉《も》むアンセルを他所《よそ》に、ソファの背に凭《もた》れかかったアマンダが首を振った。

「なんとなくデザインの方向が似ているなと思ったのは半年ほど前だな。こちらに店を出して直《す》ぐくらいだ」

まだ自分達の作品は世に出ておらず、顧客の確保に参加した舞踏会で見かけた髪飾りが、どことなく自分達が手がけていたものの習作に似ていたのだ。だが習作だし、職人の腕を確かめるために作らせたデザインだったので、それほど気にしていなかった。狭い世界なので、なんとなく似たデザインが流行することもあるだろう――とそう思っていたのだが。

「それが少しずつ数が増え、自分達が破棄した物に近い商品が出てきたりすると……」

気持ち悪いだろ？　と訴えるようにアマンダが両眉を上げた。確かにそうだろう。偶然で片づけるには難しくなってきた。

「――それで？　わたしに何をしろと？」

捕まえろと言うのだろうか。だとしたら門外漢も甚だしい。腕のいい探偵を紹介することくらいはできるが……とそう続けようとするアンセルの口元に、アマンダがびしりと掌《てのひら》を向けた。

「ミス・ソートンの所属する会社からのみ、この問題は噴出している。ということは、彼女の会社が何か仕掛けていることになる」

「そうだな」

「君は彼女と面識があるのだろう？」

一応顔を合わせたが、どちらかというとケインの方が親しいだろう。頑張ろうとしている女性がいて、そういう人間のデザインならグレイスも喜んで受け取るだろうと持ち込んできたのだ。

「彼女に探りを入れてこいということか」

「それも違う」

やれやれ面倒な、と溜息を吐《つ》きそうなアンセルを、アマンダは即座に否定する。怪訝《けげん》な顔をする彼に、アマンダが超いい笑顔を見せた。

「ようやく手に入れられそうな『公爵家御用達《ごようたし》』という謳い文句を、自分達がデザインの元にしている会社に奪われたとわかったら――どう出ると思う?」

にやりと笑うアマンダに、アンセルが憤慨したように立ち上がった。

「それがグレイスか!」

「やはり君は察しがいいね」

「なんてことをしてくれたんだ!」

単なる自社製品を売り込むための広告塔ならまだしも。

「彼女に黙って、彼女を『囮《おとり》』にするなんてどういうことだ!?」

「理由を話しても良かったが、大事にすることもないだろう。公爵夫人なら煌《きら》びやかな装いで社交界を練り歩くのが大好きだろうし、何か害があるとも思えない。それに怖がらせるくらいなら黙っていた方がいいだろう?」

「勝手なことを言うな!」

アマンダはグレイスを知らない。グレイスとの結婚に際して紆余《うよ》曲折ありまくって大変だったことも知らないのだ。

囮……ああなんて不吉でトンデモナク恐ろしくてもう二度とその単語を使いたくない、小説のタイトルに出てきたら光の速さで読むのをやめる単語だというのにこの女はッ！

「グレイスを囮になんて、一番やってほしくないことをやってくれたものだな！」

「いや、別に彼女を使って犯人をおびき寄せようと考えているわけじゃなくてだな……彼女がうちの広告塔になったことで、連中がこちらに何か仕掛けてくるように仕向けたいというか」

「グレイスはな！　例え『こうならないだろう』とこちらが考えていても、自ら厄介事に前のめりに突っ込んでいく天性の才能の持ち主なんだぞ!?　そもそもわたしが彼女に惚《ほ》れたのは、彼女が若い貴族の連中ともめているところを見た時、そこからナズナ事件とか勘違い事件とか馬車横転事件とか伝説の角材事件とか」

「……なんの話だ？」

呆《あき》れ返るアマンダに、くわっとアンセルが目を見開く。

「グレイスの話だッ！」

そのグレイスがまさか、自分の全くあずかり知らぬ所でオカシナことに巻き込まれようとしている。こうしてはいられない。今から彼女に会って今回の広告塔についての真実を語らなくてはいけない。

「悪いな、アマンダ。この計画は中止させてもらう」

くるっと踵《きびす》を返して出ていこうとするアンセルの袖を、アマンダは力一杯掴《つか》んだ。

「仮に！　奥様に『囮』だと話すのは百歩譲って許そう。だがこちらもいつまでも人のデザインでのし上がろうとする商売敵を放っておく気はないんだ」

せっかく、使えそうな要素があるのにな。

ぱっとアンセルの手を離し、彼女はシャーロットから渡されたデザイン画を机の上に並べる。

「このデザイン、多少の手直しは必要だが目を見張るものがある。非常にいい出来だ」

「――これがそっくり使われることを望んでいる、と？」

「君は本当に話が早くて助かるよ」

にっこり笑うアマンダに、アンセルは額に手を当てて呻《うめ》き声を上げた。話がだんだん違う方向に向かっていくのは何故《なぜ》なのか。そんな友人の苦悩などどこ吹く風でアマンダが身を乗り出して告げた。

「君がアンティークジュエリーのリメイクを私の所に依頼に来たというのは、直ぐに巷《ちまた》の噂《うわさ》になる。その時に、こういうアンティーク調が気に入ったと吹聴してもらえれば、このデザインが生きてくる」

「……数あるデザインの中で、盗作してる連中の目がこのデザインに向くと」

「そうだ。まだ業界で名の通っていない連中はなんとしても公爵家の仕事が欲しいはずだ。お抱えになるためだけに、必ずデザイン画を盗みに来る。そこを捕まえる」

「うまく行くとは思えないが……」

考え込むアンセルを他所に、アマンダは更に胸を張った。

「君たちは餌を振りまくことだけをしてもらえればそれでいい。捕まえるのも、事務所の警備を強化するのも我々の仕事だ。君たち夫婦にはただ、うちの宣伝をしてくれればいいんだ」

果たしてそう簡単に行くのか――そんな疑問が脳裏を過《よぎ》るが、アンセルが一番に気にするのはグレイスへの危害がいかに少ないかだ。確かにアマンダのことは、亡き親友から頼まれている。だが、申し訳ないが、グレイスと比較する対象にはなりえない。

「……盗みに来ないかもしれないぞ」

どうも乗り気になれないアンセルが、粗さがしのように万が一を指摘するも、アマンダの決意は揺らがないようで、ただ首を振るだけだ。

「それならそれで構わない。うちのデザインが一つ、守られたことになるからな」

さあ、どうする？

引く気のないアマンダを前に、アンセルが引き出せた条件は一つだった。

「とにかくグレイスには今回の件の真相を話す。それで彼女がどうするのか、彼女自身に決めてもらうからな」

半眼で睨《にら》み付ける、迫力ある美丈夫に、アマンダは思わず目を瞬《しばたた》いた。彼はどちらかというと沈着冷静な方で、こんな風に感情をあらわにすることなど少なかった。アマンダにプロポーズした時も、熱量よりも冷やかさの方が多かったくらいなのだ。その彼が底冷えしそうな冷たさに、灼熱《しゃくねつ》を孕《はら》んだなんとも矛盾する眼差《まなざ》しでアマンダを見つめているのだ。――これに驚かないわけがない。

「よっぽど大事なんだな、グレイス様が」

「当然だ」

間髪入れずに答える男の提案を、無下にはできないと悟り、アマンダはしぶしぶグレイスの件を了承するのであった。

たくさんのキラキラした石が天井からぶら下がり、床に敷かれた不思議な模様の絨毯《じゅうたん》の上には、くすんだ金色の壺《つぼ》や直立する猫の置物、飾り彫りの施された箒《ほうき》などが乱雑に置かれている。エキゾチックなお香がたかれているのか、嗅ぎなれない香りが窓枠の隙間から漏れてくる狭い店内は、昼間でも薄暗かった。あちこちに置かれた蝋燭《ろうそく》が光源のその部屋は、五人も入れば満杯になりそうで、煙に汚れたガラスの向こうから中を覗《のぞ》いたケインは既に三人はお客がいることに目を見張った。

「流行《はや》ってる……のか？」

「流行ってます」

怪しげな雰囲気に尻込みするケインを他所《よそ》に、シャーロットが扉を押し開けてすいっと中に入っていく。興味津々で中を覗いていたグレイスも、意を決して彼女の後についていこうとするから。

「グレイス」

ぱしり、とその腕をケインが掴んだ。ゆっくりとグレイスの灰色の瞳が持ち上がる。それを見返しながら、彼は呻くように尋ねた。

「その……本当に兄さんの気持ちを確かめるような怪しげなモノを買う気か？」

怪訝そうなその様子に、グレイスがちょっとだけ目を見張るとにんまりと笑ってみせた。

「大丈夫ですよ、ケイン様。ちゃんと『当たり』をゲットしてみせますから」

やっぱりこうなるか！　というのがケインの偽らざる感想だ。何故なら馬車の中でケインは二人に例の怪しげな詐欺事件の話をしたばかりだった。そういう人を惑わす物が売られているから気を付けてくれと、注意喚起のつもりだった。

だが話を聞いたグレイスが思い出したのは、結婚式直前の例の大騒動の三日間で、夢を見るように現実にはないことを語っていた犯人の姿だ。彼は異様な雰囲気で天と交信していた。ありもしない何かに心酔していた。そんな様子の人間が今、ひっそりと周囲に増えていて、しかも、その思い込みを増長させる怪しげなものが売られているなんて。

酷《ひど》い目にあったからこそ、そんな人間を増やしたくないとグレイスが思うのはもっともで。

「この店の主《あるじ》がレイドリートクリスタルの売買に関わってる可能性があるのですよね？」

「だからって問い詰めたりしないでくれよ、頼むから」

じとっと見つめてくるケインに、グレイスはびしっと親指を立てた。

「わかってますよ。ようは、なかなか手に入らないレイドリートクリスタルを確たる証拠として入手し、更にそれが非正規ルートからの入手品であることを掴めば万事オーケーということですよね？」

果たしてそう簡単に行くのか……そう考えるケインを横目に、グレイスは意気揚々と店内に飛び込んだのである。

◇◆◇

ひそひそと何かを話しながら店内に入ってきた二人組に視線を投げる。一人は栗《くり》色の髪に甘い顔立ちのイケメンで、もう一人はボンネットをかぶっていてもわかるほど、気の強そうな女性である。どう控えめに見ても、このカップルはこの店に相応《ふさわ》しくない、日向《ひなた》の人間の香りがした。

（何故あんな種族の人間が……）

狭すぎる店内の、それでも棚の陰に身を寄せながらじっと観察する。この店にやってくる人間の大半がどこか暗い願望を抱え、それを叶《かな》えるための手段をこの店に求めているのだ。

自力で願いが叶えられそうな、力のある者は絶対に足を踏み入れない。

（冷やかしか……）

だとしたら追い出さなければならない。

ここは相容《あいい》れない者を受け入れるような、そんな甘い場所ではないのだ。だがどうやって？

ぎゅっと手を握り締めて考え込んでいると、ふと二人が怪しげな薬棚に向かうのを見た。そこには、深い緑色のドレスを着た別の女性がいた。彼女は何やら思いつめた様子で、熱心に棚を見つめている。その彼女から漂ってくる気配には、自分と同等のものが感じられた。しばらくじっと眺めていると、先ほどの眩《まぶ》しすぎる二人が彼女に話しかけた。彼女もそれに応答する。

その様子を見た途端、どっと身体《からだ》から力が抜けた。なるほど、あの三人は知り合いなのだ。そしておそらく、緑のドレスの女性に連れられてやってきたのだろう。

（ただの付き添いか）

そういう人間はたまにいる。この店に惹《ひ》かれて暗い世界に飛び込みたいと願いつつも勇気が出ない者が。そういった者が付き添いを得てやってくるのはよくあることだ。そういうことなら、この世界の秩序を乱すことなくどこかに行くだろう……。そっと戸棚から身を引き、異質な三人組から視線を引き剥がそうとして。

（！）

店内を見渡していた、勝気そうな女性と目が合った。暗がりで、きらきらした灰色の瞳が真っ直ぐに自分をとらえていた。大急ぎで視線を逸《そ》らし、くるりと背を向ける。

別に知り合いではない。見たこともないし会ったこともない。向こうは貴族のご令嬢のようだから当然だ。だが妙な胸騒ぎがして、早々に店を立ち去る決意をする。

「もし」

カウンターに近寄ると、奥の椅子に腰を下ろしていた丸眼鏡の老人が顔を上げた。会釈をすると気付いたようで、立ち上がってカーテンの向こうに姿を消し、何かを手にして戻ってきた。

「はいよ」

手渡された薬包と光るものが入った小瓶を、持っていたレティキュールにさっと押し込む。金貨を二枚そこに置くと、狭い店内をできるだけ大急ぎで抜け出した。扉から外に出てようやく、自分が呼吸を止めていたことに気付いた。冷たい汗が背中を流れ落ちるのを感じる。振り返りたくなるのを堪《こら》え精一杯大急ぎで歩く。人混みに紛れ、十五分ほど行ったところで全身の緊張を解いた。

ゆっくり振り返ると、ごみごみした人の流れや通り過ぎる馬車、レンガ造りの建物とそれを覆う微《かす》かに灰色がかった空が見えるだけだった。はーっと深い溜息を吐き、更に慎重に歩き出す。

大丈夫大丈夫。誰も自分を見てはいない――。

だが、そんな願いを打ち砕くように、ぽん、と肩を叩《たた》かれ、ぎくりとして振り返った彼女は目を見張った。

そこには笑顔を浮かべた男性が立っていたのである。

◇◆◇

「――今の人、怪しくないです？」

グレイスと目が合った後、逃げるように店内からいなくなった女性。彼女が去った通りを見つめながらグレイスがぽつりと零《こぼ》す。その台詞に、店内の商品に興味のある振りをしながら周囲を確認していたケインはふむ、と考え込むように顎に手を当てた。

「まあ、この店に来る人間は誰でも怪しく見えるけどな」

「先程の方、常連のようでしたわね」

小瓶を取り上げながら、小声の早口でシャーロットが答える。

「魔女のような外見な上に、店主がすぐに商品を手渡してましたし」

その言葉に、三人はなんとも言えない感情を抱く。

「なんとなく……こっちを見る目つきが脅迫犯《ウォルター》に似ていた気がします……」

唯一、彼女と視線を合わせるという芸当をしてのけたグレイスが、死闘の果てに捕まえた犯人の名前を出すのに、ケインは奥歯を噛み締めた。彼女の直感は意外と……というかかなり当たる。

「さすがグレイスだな」

呻くようなケインの賛辞に、グレイスはちょっと胸を張った。

「それで？　彼女を追います？」

わくわくするような声で告げられて、ケインは目を伏せた。さて、どうするべきか。

しばらく考え込み、今この時点でできることは、グレイスが怪しく思っただけの人間を追いかけるよりも、その人間が買ったものが何かを調べる方が先だろうと結論づける。違法に禁制品を販売しているのだとしたら、取り締まるべきはこの店だ。大元をつぶせば自然と事件はふせげるはずだし。

「先に店を調べよう」

顔を上げてカウンターに向かうケインを見送りながら、グレイスはそれでも先程の女性が気になってそっと店から出た。

たくさんの人が歩く往来に、黒いドレスに黒いマントという、まるで魔女のような、喪服姿のような女の姿を探してみる。だが、異質なものであると感じたその存在は霧のように消えていて。

「いないわね」

誰に告げるでもなくぽつりと零し、きゅっと唇を引き結ぶ。

（……帰ったらアンセル様に話そう）

ぼんやりとそんなことを考えながら、用事を済ませた二人が店から出てくるまで、グレイスは賑《にぎ》やかな通りを見つめ続けたのであった。

7　不機嫌なアンセルと上機嫌なグレイス

「納得いかないッ」

「——もうこのパターンいい加減にしてほしいんだケド」

「だがこれは想定外ではないのか⁉」

「どこがだよ！　一人でグレイスを独り占めして六回もワルツを踊れば、社交界の重鎮連中の顔が引きつって青ざめ、あのレディ・シャーロットですらグレイスに別の方と踊ってらしたら？　と勧めたくなるくらい場の空気が悪くなるモノなんだよッ！」

声量を抑えて喚《わめ》くケインに、アンセルは閉口した。確かに。確かに、その通りなのだが。

フロアの中心で踊る妻に視線をやる。彼女は今、自分以外の男に背中と手を支えられて、くるくるとフロアを回っている。その姿に、自分の心臓が強い力でぎゅっと絞られたような痛みが走った。

「ケイン……」

腹の奥が苦しくなり、込み上げてくる苛立《いらだ》ちを爪先にぶつけるようにして、たしたしと綺麗《きれい》に磨かれたフロアの床を叩《たた》きながら、アンセルは呻《うめ》くように告げる。

「今日のノルマは達成したんじゃないか？」

ほとんどの舞踏会や夜会に参加しなかったオーデル公爵夫妻が、シーズン終盤にきて唐突にありとあらゆる会に参加し始めたことで、二人にかなりの注目が集まった。今回の、今シーズン最大と言われるアサートン伯爵家主催の舞踏会も、二人の到着を告げるとほぼ全員が振り返ったほどだ。

それもこれも、グレイスが囮《おとり》であることを彼女に話したためだ。

実は君が、デザイン盗用の犯人を探すための囮なんだ、と苦渋の表情で告げた途端、グレイスの瞳は光り輝き、興奮で頬が真っ赤になり、「それは本当ですか⁉」と勢い込んで抱き付かれて、そのままベッドに押し倒されたのは良い思い出――なんだろうか。

それから彼女の張り切りようはすさまじかった。

得意ではなかった社交に積極的に参加し、話しかけてくる令嬢、紳士、婦人に対して物おじせずに、むしろ積極的に自分のアクセサリーを宣伝した。アンセルはというと、その彼女の隣でさりげなく腰を抱いて、近づいてこようとする男どもを睨《にら》み付けるという簡単なお仕事をするだけだ。それに、グレイスを護《まも》るという大義名分ができたおかげで、四六時中彼女といることが可能になった。

素直にそれは嬉《うれ》しい。嬉しいのだが。

「わかります、自分以外の人と積極的に交わる想《おも》い人を見るのは、身を焦がし胸を焼かれ悶《もだ》え苦しむようなどうしようもない痛みを生みますよね」

苦痛に満ち溢《あふ》れ、奥歯を噛《か》んだままの物言いに、はっとアンセルが振り返った。胸に手を当てたシャーロットが切なげな表情を浮かべて遠くを見ていた。

「自分の方を向いてくれ……一目で良いから笑いかけて……そんな想いが積もりに積もってやがて痛みになっていく」

なんとも言えない表情になるケインを他所《よそ》に、「その通りだ」とアンセルが深く頷《うなず》いた。

「さすが、レディ・シャーロット。あなたの気持ち、痛いほどわかりますよ」

「ストーカーの運命《さだめ》です」

「いや、兄さんはストーカーじゃないし、夫だし」

半眼のケインに、アンセルが片手を上げた。

「夫となって、彼女に関して一番になったとしても、この身を焼く痛みは消えてなくならない。これは一生続く痛みだ。ああ、わたしの人生は一人の女性によって狂わされた」

「俺の人生もな」

「というわけで、いい加減他の男と踊る妻を見るのは耐えられないので、そろそろ迎えに行ってくる。今日の役目は十分すぎるほど果たした」

「ちょっと、おい!?」

ちょうどバイオリンの軽快な音が最後のフレーズを奏で、グレイスと彼女を抱いて踊っていた男性が互いに向き合って礼をするのが見えた。そのままエスコートされて戻ってくる。そちらに向かって歩きながら、グレイスを見てそわそわしている男性の集団に苛立った。

彼女と踊れた人間は幸運になれる、なんて話が出ていてもおかしくない。それくらい自分達はレアキャラだという自負はある。

それに加えて、自分が率先してグレイスを独り占めしているのだ。人に自慢できる話に目がない連中にとって今は絶好のチャンスなのだろう。だが。

「すまないが、妻を返してもらうよ」

彼らがフロアの半分も進まないうちに、つかつかと近寄ったアンセルがグレイスの腕を取って引き寄せた。あまりにも急いでいたために、ふわりと彼女のドレスの裾が後ろにたなびく。そのまま腰を抱いてターンする。

「アンセル様」

まるで踊るように彼女を奪ったアンセルは、目を丸くする紳士に、どうも、と素っ気なく挨拶した。そんな彼に連れられ、フロアを端の方に移動するグレイスが怒ったような視線を夫に向けた。

「今の態度は私にだって無礼だったとわかりますッ」

眉を吊《つ》り上げ、目を三角にする妻をちらりと見下ろし、アンセルは緩みそうになる口元を堪《こら》える。ああ、もういい加減、妻の顔を見てうっとりするのをやめたいのだが、見る度に彼女は違う表情をするから、慣れることができないのだ。自分でもどうかしていると、そう思う。

だが、今思えば「従順で大人しく、自分の意見すらないような女性」と結婚しようとしていた自分の方が頭が湧いていたとしか思えない。

「それにあんな風にホールを後にしたら、何を言われるか……」

そわそわと後ろを振り返るグレイスの、その背中を片手でするっと撫《な》でる。びくり、と彼女の身体《からだ》が強張《こわば》り、視線が再びアンセルに向いた。

「あの男が触れていたのはどこだったかな？」

指先が、艶やかなタフタ生地に覆われた背中を彷徨《さまよ》い始めた。今日のグレイスは、薄いピンクのドレスに、濃い赤のサッシュとペリースという格好だ。緩めに結い上げた髪には真珠飾りのついたピンと生花の薔薇《ばら》が飾られていて、アンセルには彼女が薔薇園から飛び出してきた妖精に見えた。好奇心旺盛で、どこへでも飛び回っていってしまいそうな彼女を、他の男が捕まえようとするのが我慢できない。

「まさか、こんな場所を触らせたりしてないな？」

ワルツを踊るのに不適切すぎる、腰の低い位置に手を置かれ、グレイスは真っ赤になった。

「そんな無礼な人はアンセル様くらいですッ」

自分の夫は割と独占欲が強い方だとそう思う。まあ、それには結婚三日前のごたごたが深く関わっているのも理解している。君は目を離すと何をしでかすかわからないと、抱き締められて囁《ささや》かれたことがあった。その点については一応、反省はしている。だが、周りを見てみても、普通の夫婦は適度に自分達で踊った後、他の男性や女性と失礼にならない程度踊っている。

それが普通で、常識なのに、自分の夫はそこが理解できないらしい。

「といいますか、普通の夫婦は日に六回もお互いと踊ったりはしません」

唇を尖《とが》らせふいっとそっぽを向くと、そんなグレイスが可愛《かわい》いのか、アンセルが腰から背中にかけてゆっくりと掌《こぶし》を滑らせた。なぞるような指先にふるっとグレイスの身体が震える。

「文句があるのならこちらに言ってくればいい」

あっさり告げる夫を見上げれば、彼は何故《なぜ》か周囲を見渡していた。文句を言ってきそうな人間を探しているのかと、グレイスは少し呆《あき》れながら口を開いた。

「公爵様に面と向かって文句を言う人間などいませんよ」

「そうか。ならその程度のルールだったということだ」

頭痛がする。掌を額に当て、グレイスはアンセルに促されるままに歩きながら顔を上げた。

「こんなことばかりしてたら、陰で何を言われるか……わかったものじゃないですよ！」

「君は陰で何か言われて、行動を改めるタイプだったかな？」

断じて違う。

「——私はアンセル様の評判や地位に傷が付かないか、政治的な局面でそれが不利にならないかが気になっていて」

「その程度で傷が付くようななまくらな働き方などしてないし、そもそも妻が好きすぎて舞踏会でワルツを十回踊ろうが、片時も離れず傍《そば》にいようが、誰にも何も言わずに帰ろうがわたしの勝手だ。それに」

振り返り、この男は久々に、最高にかっこよく眩《まぶ》しい取って置きの笑顔をグレイスに見せた。例の「目がああああ」っとなる笑顔だ。視界が真っ白になるグレイスを他所に、アンセルは勝ち誇ったように告げる。

「わたしは公爵だからな」

この旦那様ときたらッ！

くらくら、ふらふら、ふわふわ。

眩暈《めまい》を覚えながら、世の中の公爵という生き物は全員こんな風に自信満々威風堂々なのかと考える。いや、もうちょっと良識に溢れた人もいると思う。そんなことを悶々《もんもん》と考えながら、アンセルに引きずられて歩いていたグレイスは、気付けば伯爵家のガレージに来ていて目を見張った。本当に誰にも何も言わずに帰ろうとしている事実に面食らう。

「アンセル様ッ！　せめて伯爵夫人にはお暇《いとま》を――」

「この時間じゃ全員酔っ払ってるだろうし、残してきたケインがうまく言い繕ってくれるだろう」

自分達の乗ってきた馬車を探し出し、扉を開ける。

「御者は⁉」

「後で知らせる」

「はい⁉」

後でって……なんだ？

怪訝《けげん》そうな彼女をひょいっと抱き上げ中に押し込むと、自らも乗り込んで扉を閉めた。

「……あの？」

後ろ手にロックをかけ、いそいそとカーテンを閉める。そんな夫に、グレイスは嫌な予感しか覚えなかった。

「……あの……わ、私！　御者を呼んで」

「グレイス」

大急ぎで反対側のドアから外に出ようとする彼女の腰を抱いて引き寄せ、シートに沈める。身を乗り出してキスで唇を塞ぎ、アンセルは手を伸ばすと、器用に反対側のドアもロックする。暗く狭い車内いっぱいにアンセルの存在と香りが広がるのがわかった。これは非常に――マズイ。

「アンセル……様ッ」

ぐいっと肩を押し、なんとか二人の間に隙間を作ろうとするが、あっさり脚の間に身体を割り込まされ、上から押さえつけられてしまった。

文句は全て落ちてくるキスに呑《の》み込まれる。ふわふわのシートに押し倒されているために、背中が痛いことはないが、せっかく結い上げた髪がつぶれて乱れるのがわかった。

「も……やだっ」

そんな拒絶を、アンセルの舌が器用に拾い上げて呑み込んでいく。全身を包む甘さに意識が霞《かす》んでいく。咎《とが》めるような言葉を吐こうとすれば、その端から男がキスを深めてくるので抵抗はほぼ無駄だ。

こんな所でこんな風に乱されるなんて、想像すらしなかった。いつどこで誰がやってくるかわからないのにと気が気じゃない。なんとかとどめようと手を伸ばして押し返そうとするが、シルクの手袋で包まれたグレイスの手首をぱしりとアンセルが掴《つか》み、指先に唇を押し付けた。

「っ」

「さて、グレイス」

片手でグレイスの身体を押さえ込む彼が器用に、グレイスの手袋の指先だけを咥《くわ》えてくっと引っ張った。そのまますするすると、肘まである長手袋が引き抜かれる。柔らかく、どこか冷たい生地が肌を掠《かす》める感触にお腹《なか》の奥が震えた。ふあ、と鼻にかかったような甘い声が喉から零《こぼ》れ落ち、それに触発されたのか、アンセルが激しくグレイスを掻《か》き抱いた。

細い首筋に、彼の熱い唇と吐息を感じる。華奢な腰をしっかりと抱き締める腕に、グレイスはふと先程まで踊っていたワルツを思い出した。なるほど。あれだけ密着し、相手の香りと体温を傍に感じながら、「踊る」のは……夫が危惧する通り……ちょっと艶《なま》めかしい行為かもしれない。そして、こんなにも官能を煽《あお》られるダンスを、アンセルが他の女性と踊るとしたら――言語道断だ。

確かに未婚の男女が多少なりとも相手と接点を得ようと頑張るのに、ワルツは最適かもしれない。だが既婚の男女は駄目だ。いや、現状に不満のある男女はスリリングで良いだろうが、らぶらぶバカップルな仲の良い夫婦は夫婦だけで踊るべきだ。絶対そうだ。というか、夫婦で踊るのが良しとされる回数が二回というのは絶対少ない。アンセル様となら一晩中踊ってもいいくらいなのに。

そんなことを考えながらうっとりとアンセルを見上げれば、じっとグレイスを見下ろす眼差《まなざ》しにぞくりと腹の奥が震えた。他の男とワルツを踊ったグレイスを取り返し、人気の少ない場所に連れ込んで存分に味わおうとしているように見える。

そんな獲物を持ち帰った捕食者のようなアンセルを、グレイスは初めて見た気がした。いや違う。見てしまったというべきか。その表情に目が釘《くぎ》付けになり、視線を逸《そ》らせない。

（きっと多分……想像ですけど……オオカミに追い詰められたウサギってこんな気持ちかも……）

怖いのに見惚《みと》れ、見上げているうちに食われてしまう。でも、この美しい生き物の糧になるのなら悪くないとさえ思える――そんな気持ち。

「君は今日、三人の男と踊ったね？」

グレイスから引き抜いた手袋を捨て、アンセルがあらわになった彼女の指先に噛みつく。く、と歯に力を入れられぞわっとグレイスの背中が粟立《あわだ》った。

確かに踊ったが、それはあくまでも例の「囮」としてであって、彼らにアマンダの宝飾店から贈り物を買ってもらえるよう仕向けただけだ。かなり露骨に宣伝をしたので、最終的には半笑いで「考えておきます」と硬質すぎる声音で言われたくらいだ。だから、踊った三人がグレイスに抱いた印象は、間違っても「美しい」とか「付き合いたい」とかではない。

どちらかと言うと正反対の「二度と誘いたくない」だろう。

「お、どりました……けど」

太陽にきらきらと輝く、抜身の刃《やいば》。それに似た物騒な光が、彼のダークブルーの瞳に過《よぎ》る。

「君は無防備すぎる」

「ええ？」

「連中の手がこんな風に」

「ちょ!?」

背中から腰へと官能的に撫でられ、ぞくりとした甘い疼《うず》きが身体の中心を直撃した。

「触らせるなんて」

「ですから！　こんな無礼な触り方を許したりしてません！」

「どうかな？」

ひやりと冷たい掠れ声が耳朶《じだ》を打ち、ぶるっとグレイスの身体が震える。

「わたしからは広がるスカートのせいで奴《やつ》の手がどこにあるのか見えなかったが？」

冷たい音の言葉を吐くくせに、唇は信じられないほど熱い。耳殻を食《は》まれ舌を這《は》わされて、グレイスの身体が高熱を出したように震え始めた。寒いのに熱い。

「もしかしたら」

アンセルの手が滑っていき、お尻の柔らかな双丘をぎゅっと掴む。

「んっ」

「こんな風にされていたのかもしれないだろ？」

そんなバカな話があってたまるか。

「あ、りえま、せんっ」

「わたしは見てないからわからない」

「それでも周囲には沢山人がいたんですよ!?　こんな――」

「どうかな？　確かめないと」

「あっ」

アンセルの手が、グレイスの身体をなぞっていく。それは目に見えない、透明な縄を彼女の身体にかけていくようなもので、触れる場所から力が抜けていき、拘束力を強めていく。

「背中にも手を当てられていたね？　胸は？　相手の身体に密着していた？」

「してま……せんっ」

「どうかな？」

官能的に這い回っていた彼の手が、グレイスのドレスの身頃に差しかかる。大きく開いたデコルテの、レース飾りに指を引っかけて強く引く。ボディスがずり下がり、コルセットで持ち上げられていた胸の膨らみがあらわになった。

「待って」

「こんな……何の役にも立たない布一枚隔てて、別の男の身体が触れてたなんて……信じられない」

呻くようなアンセルの声に、グレイスは腰から脳天まで這い上がってくる甘い疼きを止めることができなかった。

「ワルツなど踊る淫らな君にはお仕置きが必要だな」

ワルツを踊っただけで淫らと認定されて、お仕置きされるなんて。こんなの理不尽すぎるだろうと、そう思う。女性蔑視だと叫びたくもなるだろう――相手が最愛の夫でなければ、の話だ。

（これって……）

乱暴な手つきでコルセットを締め上げているリボンを解き、荒々しく下着を引き下ろされる。

冷たい空気に触れ、軽く揺れるようにしてあらわにされた真っ白な胸の膨らみに、アンセルの視線が絡みついた。

「っ」

そこに混じっている冷たさも熱さも、グレイスが踊った男に対して彼が嫉妬しているせいだとわかると、グレイスの身体は溶け始めた。

（アンセル様に……私が……嫉妬させてる……）

今日踊った男性にはほとほと呆れられていたとそう思うのだが、グレイスの旦那様は違うのだ。彼にとってみれば、グレイスと踊った男性は皆全て例外なくグレイスに落ちるとそう考えている。つまり、それだけグレイスが魅力的に映っているということだ。

（それは……嬉しいかも……）

口元がにまにまと緩みそうになるのを、彼女は必死に堪《こら》えた。アンセルはグレイスにお仕置きをしようとしているのに、ここで嬉しそうにしていたら火に油を注ぐようなものだろう。だが、どうしても口の端が緩むのを止められない。だって——自分のどこを好きになってくれたのか、イマイチわからない最高の男性が、ただ単に他の男と踊っただけの自分に嫉妬してくれるなんて思ってもみなかったのだ。

「なんだ？　それほど他の男といちゃつくのが楽しかったのかな？」

「いちゃついてなんか」

「ワルツは禁止しよう。こんな……直《す》ぐ脱げてしまうドレスで絡み合うなんて以《もっ》ての外だ」

「それは極論——」

アンセルの手が冷たい空気に震えるグレイスの胸に触れ、ぐっと持ち上げる。指先をばらばらに動かされ、ゆっくりとその感触を確かめられた。

「あっ……んっ」

意図せず声が漏れ、グレイスが身を捩《よじ》る。決して大きくはない胸だが、最近ちょっと大きくなったと彼女は勝手に思っていた。その胸の先端、色づいた尖りを人差し指の腹が掠めた。

「んんっ」

「なんてことだ……少し触れただけでこんなに頬を染めて」

軽く仰《の》け反《ぞ》るグレイスの、朱を刷《は》いたように赤くなる頬にキスをする。ちゅっと吸い上げてから舌先を這わせると、ふあああ、と意味を成さない声が上がった。

「ここに相手の身体がぶつかっているかと思うと……耐えられない」

「そんなことありませんっ」

「ほう？　言い返すのかな？　ではこんな風に」

ぐ、と胸を鷲掴《わしづか》みにされ、くりくりと先端を弄られる。

「ああんっ」

艶やかな唇から甘い声が漏れる。

「ちょっと触られるだけで声が出るのは何故なのかな、グレイス」

すり、と胸の先端をいじめるように撫でられ、更には柔らかな果実を揉《も》みしだかれる。じわじわと下半身に熱が溜《た》まり、身体の奥に空いている空洞が埋めてほしいと切なく声を上げるのがわかった。

「それは……アンセル様が……そんなふうに……」

「そんな風、とは？」

ぴん、と弾《はじ》かれ濡《ぬ》れた声が漏れる。その艶やかな唇にアンセルはたっぷり長いキスを落とした。その後、顔を持ち上げ、再度色づく唇に斜交《はすか》いに噛みつく。

「グレイス？　そんな風とはどんな風だ？」

先程までは執拗《しつよう》に胸の先端を弄っていたのに、今度は避けるようにして、丸い双丘の縁をただ辿《たど》るだけに留《とど》められる。その感触がもどかしくて、彼女はいやいやするように首を振った。

「こんな……い……やらしい……触り方……」

「いやらしい？　ではやめてほしいのかな？」

「違っ」

そう叫びかけて、グレイスは唇を噛んだ。かあっと額まで真っ赤になる。その様子にアンセルがうっすらと微笑《ほほえ》んだ。

「なるほど……違うんだね」

くすっと耳元で笑われ、彼女はぎゅっと目を閉じた。

全くこの旦那様と来たらとワルツ一つで、と思わず呆れてしまう。だがイジワルしないでほしいと切に願う部分もあって、グレイスは三秒ほど考え込んだ。それから、ぐいっと顎を上げて覆いかぶさるアンセルの耳元に唇を寄せた。

「では、アンセル様は……過去にワルツを踊られた女性に、このような淫らな真似《まね》をなさっていたということなのですか？」

返す刀で斬りつけられた。ぎょっとして身体を離す夫を、すかさず涙目で見上げる。

「そうなのですね？　アマンダさんともこうやって親密に」

「馬鹿を言うな！」

「でもアンセル様、この間、アマンダさんと踊ってましたよね？　ワルツ」

とてもお似合いだと評判で……そう涙声で訴えるグレイスに、夫は慌ててキスをした。激しくて甘い、なのに優しいキス。それにグレイスはうっとりした。

「あれは……義務的なものだ」

「それでもこんな薄い布一枚隔てて、身体が触れ合って、腰を撫でてお尻を掴んで」

「馬鹿を言うな！」

「私も同じですっ」

ようやく二人の視線が絡み合い、至近距離で互いの瞳に互いの姿が映った。同時に手が伸び、頬に触れ合う。

「今度……」

「はい」

「今度からは、二人だけでワルツを踊ろう」

アンセルの唇が、グレイスの唇に触れる位置まで降りてくる。熱い吐息を感じながら、グレイスは小さく頷いた。

「他の男とは別の踊りにしなさい。わたしも……もう二度とワルツは踊らない」

「断るんですか？」

「ダンスカードがいっぱいだと答えるんだ」

「——そして、アンセル様と踊るの？」

ゆっくりと男の手がドレスの襞を手繰り寄せた。グレイスの美しい脚が徐々にあらわになっていく。

「そうだよ、愛《いと》しい人……ただし、誰も見ていない所で、二人だけで踊るんだ」

乾いた大きな手が太腿《ふともも》を撫で、グレイスが短い吐息を漏らした。じっくりと冷たい肌に手を這わせた後、アンセルがそっと脚の付け根に掌を当てる。ドロワーズの隙間から指を滑り込ませると、中の秘裂は濡れ、甘い雫《しずく》を零しているのがわかった。

「んっ」

「ああ……こんなに濡らして……これも他の男とワルツを踊ったせいかな？」

「違いますッ」

「ではどうして？」

どうしても言わせたいらしい男に、グレイスははふ、と熱い吐息を漏らしながら震える声で囁《ささや》いた。

「アンセル様が……私の身体に触るからっ」

「他の男ではこうはならない？」

ゆっくりと熱く蕩《とろ》ける秘裂に指を這わせ、わざとにくちゅくちゅと音を立てる。必死に首を縦に振るとアンセルは満足そうに呻き、グレイスの膝の裏を掴んで腰を持ち上げ、大きく脚を開いた。さらさらとドレスの裾が肌を伝って落ちていく。

「それを聞いて安心したよ」

狭い客車内で身を屈《かが》めたアンセルの舌が、グレイスの秘所に触れた。

「ひゃっ」

びくっとグレイスの足が強張り、白く細い喉が反った。その様子に満足したように、アンセルはキスと愛撫《あいぶ》を、とろとろと蜜を零す秘裂に施していった。グレイスの腰が揺れ、彼女の背筋を痺《しび》れが這い上ってくる。迫りくる何かから逃げていきそうな妻の腰をしっかりと抱え込み、アンセルは泉が溢れて止まらなくなるまで攻め立てた。

「も……やぁ……」

達しそうになる度に動きを止められ、快感が下火になると再び愛撫を加えられて、もどかしい熱が込み上げてくる……そんなのを繰り返され、グレイスは我慢できないとばかりに腕を持ち上げて、ぱしり、と彼の肩を叩いた。夢中で彼女の秘所を攻め立てていた夫が顔を上げた。

「そろそろイきたい？」

甘く熱く低い声が尋ねる。がくがくと首を振ると、ゆっくりとグレイスの足を下ろしたアンセルが上着を脱ぎ、シャツのボタンを外し始めた。

その様子を薄目で見上げていたグレイスは、彼がにっこり笑うのを見て嫌な予感がした。そう言えば彼は最初に、お仕置きだと言っていなかったっけ……？

「では、どうしてほしいか教えてくれ」

そうくるとは思っていなくて、かあっとグレイスの顔が真っ赤になった。

「どう……って……」

時折彼はこういうことを言わせたがる。なんとか頑張って答えるのだが、今回はまた随分直接的だ。先程の仕返しだろうかと、恨みがましく見上げれば、アンセルは解き放った己の膨らみを、ぐっとグレイスの濡れた秘所に押し当てた。

熱さと硬さに、グレイスが識《し》ったばかりの、身体の奥の空洞がきゅうっと震え、背筋がわななく。

一つの単語がぐるぐると脳裏を巡り始め、それを促すよう、ゆっくりと濡れた秘裂を楔《くさび》で突くように腰を動かされては我慢も利かなくなる。

「……い……れて」

きゅっと目を閉じてそう訴えると、アンセルが片眉を上げ、意地の悪い笑顔を見せた。

「何を？」

更に更にグレイスの顔が真っ赤になった。これも毎回言われる。だから多少は慣れたはずだ。そう、慣れたと思いたい。

「これ」

そっと腰を浮かせると、蜜口にアンセルの楔が触れる。そのまま誘うように腰を動かし、「これが欲しい」と言えばいいと学んでいた。

だが。

「ちゃんと教えて」

するっと男が身体を離し、グレイスは信じられないといった表情でアンセルを見上げた。彼は汗に濡れた自身の前髪を掻き上げ、意地悪そうな笑みを浮かべてグレイスを見下ろしている。

「どこに、何が、欲しいのかな？」

耳まで真っ赤になるグレイスの頬を、彼が手の甲で柔らかく撫でる。うろうろと視線を彷徨わせていた彼女が、懇願するようにアンセルを見た。

「アンセル様……」

「何？」

「――あの……」

「だーめ。ちゃんと言わないとあげない」

こんな意地悪に耐えられない、と首を振るが、苦痛の声を上げてアンセルが身を離そうとするのがわかり、グレイスは眩暈がした。

「や……」

思わず腕を掴む。この状態で放置されるなんてまっぴらだ。ぎゅっと唇をへの字に結び、潤んだ眼差しで見上げる彼女に、男は努めて平静そうな眼差しを送った。

「――さ、何がどこに欲しいの？」

頬を撫でる手をゆっくりと下ろし、柔らかな胸を再び揉み上げる。そろっと膝を開き、グレイスは観念したように目を閉じた。

「私の――濡れて溶けた場所に……アンセル様の……硬いの……ください」

手を伸ばし、アンセルのシャツをぎゅっと握ってそう告げる。

「可愛いね」

蜂蜜のような声がグレイスの身体を包み込み、蕩けて熱く、アンセルしか知らない場所に、彼の熱く滾《たぎ》る楔が奥まで一気に打ち込まれた。

「あああああっ」

グレイスの腰が跳ね上がり、爪先に力が入る。

挿入《いれ》ただけで軽く達してしまった。きゅっと締まる膣内《なか》がアンセルの楔に絡みつき締め上げる。

二人とも挿入ただけで達してしまっては……楽しくもなんともない。

あっあっ、と短く濡れた声を上げながら、グレイスは震えながら耐えた。その彼女が落ち着くのを優しく待ち、それからゆっくりと抽挿が始まった。既に弄られて濡れていた蜜壺《つぼ》は、抜き差しの度に濡れた音を響かせ、狭い車内に甘い空気が漂い始める。徐々に腰を打ち付ける速度が上がり、アンセルの唇から切なげな声が漏れ始めた。

それに押されて、グレイスの身体が更に甘く震える。

快感だけを追い、彼を余すところなく感じようと身体から力を抜くと、不意に、ぐ、と最奥を撞《つ》かれた。「ひゃん」と甘い声が漏れ、訪れた鋭すぎる快感から逃れるように腰がずり上がった。

「だーめ」

その腰を引き寄せ、アンセルが自重をかけて彼女を客車の椅子に縫い留めた。

「逃がさないよ」

真上から打ちおろされて、グレイスの身体がしなった。繋《つな》がり、犯されている内部が蠢《うごめ》き、彼女の身体が求める快感に更に柔らかく広がっていく。

「やだ……いや……あっ……あんっあんっ」

緩やかな動作から鋭すぎるものまで。緩急つけて焦《じ》らされ、グレイスが涙目で首を振った。その声があまりに大きかったのか……それとも周囲に聞かれる危険があるのか、アンセルが不意に彼女の声を飲み込むようにキスを深めた。

「んぅ⁉」

驚く彼女に、キスの合間に告げる。

「君の可愛い声が……外に漏れたら困るからね」

うっとりしたアンセルのその台詞に、ここがどこで、どうなっているのか気付いたグレイスがさっと青ざめた。それと同時にきゅっと膣内《なか》が締まる。より一層、アンセルを感じることになり、それが彼を煽るのがわかった。

「っ……ダメだよ、グレイス……そんなに締め付けたら……」

「あんっ……だめっ……アンセル様っ……抜いて」

「入れてってお願いしたのは君だよ、グレイス」

「でも……誰か……」

ここで止めるのは苦痛だが、誰かに見られるわけにはいかない。今やめて、即刻立ち去り屋敷に戻れば問題ない。

「お願いします、アンセル様っ……抜いて……」

そんな懇願が、男に碌《ろく》でもない愉悦を与えるのだと、まだまだグレイスは知らなかった。

「――逆効果だよ、お嬢さん」

「ひゃああんっ」

ぐり、と最奥で腰を回され、グレイスの目の前に星が散る。あ、これダメなヤツ。

そう感づいた時には遅く、抽挿の速度が更に上がり、身体のぶつかる音が激しい水音に加わった。

「あっあっあっあっ……いや……いやあっ……抜いて」

「ダメだよ、グレイス。最後までするんだから」

「やだ……あっ……やっやあっ……お願い……誰か……くるからぁ」

「来やしないし、来ても……まあ、バレないから大丈夫」

「いやいや、アンセル様あ……お願いします……抜いてぇ」

だがそんなグレイスの懇願が、アンセルの劣情を刺激するから。

「無駄だよ、グレイス」

あっ……あんっ……んんっぅ……。

「最後まで、ちゃんと……」

激しく突かれ、逃げようとする腰も足も抱え込まれ奥の奥まで暴かれる。一際強く押し込まれた瞬間、グレイスの視界がきらきらばらばら砕けるのがわかった。そして、抜いてと懇願しても最後まで離してもらえなかったグレイスは、突き上げてくる真っ白な快感の前に身体を震わせることしかできなかったのである。

8　窓から見える不安要素

「大丈夫大丈夫。外には誰もいないから」

ぐったりと客車のソファで蹲《うずくま》る妻を他所《よそ》に、夫はご機嫌だ。そっとカーテンを引き開けて周囲に誰もいないことを確認し、それでも睨《にら》み付けるグレイスのために、ガレージ内を確認してきたところだ。

ひっそりとした空気が漂い、遠くの喧騒《けんそう》が風に乗って聞こえるだけで人の気配は全くなかった。

戻ってきた夫がそう告げてキスをしようとする。その額をぺしりと叩《たた》き、乱れた服装のままグレイスは「キス禁止っ」と頬を膨らませて訴えた。

「確かに君の意見を聞かなかったのは――悪かったと思ってる。けど、特に異常はないんだから」

「あったら困りますッ」

むうっと睨み付けるグレイスの、それが精一杯の怖い顔だとわかってはいるが、アンセルにしてみれば可愛《かわい》いだけだ。ぷいっとそっぽを向ければそれで終わりと思っているのか、自分にだけはそういう「可愛い顔」をしてみせるのがたまらず、額にキスを落とすことで我慢した。

「とにかく、御者を呼んでくるから今日はもう帰ろう」

「……はい」

こんな状況で舞踏会に戻るなんて狂気の沙汰だ。のろのろと身体《からだ》を起こしたグレイスの前に跪《ひざまず》いて、外れかかっているコルセットを直すことなくさっさと抜き取る。ずり下がっているボディスを引っ張り上げて、腰のサッシュを結び直していると、まだ不服そうなグレイスの表情に当たり、アンセルは許しを乞うようにその顎にキスをした。

「ちょっと」

「すまない、グレイス……でも、君が可愛いのがいけない」

「ほとんどお仕置きだったじゃないですか」

されるがままに衣装を直されながらも、むーっと口の端を下げて睨み付けてくる妻に、数度瞬《まばた》きした後「そうか？」と腕を組んで首を捻《ひね》ってみせる。

「まあ、君が他の男と踊っているだけで我慢できない、という男心をわかってもらいたかっただけなのだが……いけなかったかな？」

「いけないも何もイヤだってお願いしたのに無視するしっ」

「それは確かにそうだが、でも最初に濡《ぬ》れた場所にわたしの硬いのをい――」

もがっと口を押さえられる。視線を上げれば、客車のソファに座り直したグレイスが真っ赤な顔でこちらを睨んでいた。ああ……可愛い。

「普段はもっと聞きわけが悪い癖に」

「心外な。わたしほど君を甘やかすのを楽しんでる男はいないぞ？　むしろ、わたしが甘やかそうとすると拒否するのは君だろう、グレイス」

「それは」

その時、二人は馬車の外から響く声に気付いて口をつぐんだ。車窓のカーテンはまだ閉じられている。きゅっと唇を結んで黙り込むグレイスの、その隣に素早く座り直すと、アンセルはカーテンをほんの少し開けた。

黒塗りの公爵家の馬車は、軽くて速く走る。現在は盛夏一歩手前の季節なので、冬用の外装のそれとも違う。そのため、割と壁は薄い。静かにするように視線だけでグレイスに訴え、アンセルは耳をそばだてた。

「――つまり、もう少し報酬を上げてほしいとそういうことなのかな」

低く、ぼそぼそと話すだけだった声が突然激昂《げきこう》したように大きくなり、周囲に明瞭に響いた。

馬車の向こうで何が繰り広げられているのかと、更に壁に耳を押し当てれば、隣に座っていたグレイスがアンセルの膝の上に乗り出してきた。

(グレイスッ)

(私にも聞かせてくださいッ)

小声でひそひそ話しながら、アンセルの脇の下辺りに頭を突っ込んだグレイスが、耳をそばだてる。柔らかくしなやかで、心地よい重さを伴うグレイスを太腿《ふともも》の上に感じるなんて、まるで拷問だとそう思うが、彼女は真剣な表情でその場を動こうとしない。必死に耐えながら、アンセルも聞き耳を立てた。

何やら小さな声が訴えを起こしているが、低い声がそれを遮る。なかなか内容が聞き取れず、ただの痴話喧嘩《げんか》かとそっとカーテンを持ち上げたところで、女性の「そうじゃありませんが」という抑えた声が辛《かろ》うじて聞こえてきた。

「でも、危険を犯しているのは私だということをお忘れなく」

「――危険、ね」

抑えてはいるが鼻で嗤《わら》うようなその口調に、アンセルが眉を寄せた。どこかで聞いたことがある声だとそう思う。そうっと相手にバレないようにカーテンの隙間から外を覗《のぞ》けば、その内側に、にゅ、とグレイスが首を突っ込んだ。

(!?)

(私も見たいです、アンセル様)

ひそっと告げるグレイスを慌てて抱き締めてなるべく顔を隠すようにし、二人揃《そろ》って窓枠の陰から外を見る。所々に灯《あか》りのともったガレージは広く、自分たちの馬車の先、数メートル離れた所で一組の男女が向かい合って立っているのが見えた。

灯りが遠いせいで顔がよく見えない。

何やら小声で言い争いをしたのち、黒いコートにトップハットをかぶった男が胸を張った。ややお腹《はら》の出た体形で、遠くの灯りに迫《せ》り出しているウエストコートの銀ボタンがきらりと光った。

「だが、この条件で引き受けたのは君の方だ」

抑揚のない声でそう告げられて、相対する女性の身体が強張《こわば》った。

「そうする必要が君にはあるんじゃないのかね?」

冷酷かつ、身体に纏《まと》わりつきそうな声音がそう告げて、女性の方が絶句する。暗がりでもわかるほど、わなわなと彼女の身体が震えた。

「我々はギブ＆テイクの関係なのですよ。だからクライアントの要求には答える必要がある」

「……クライアントの要求が苛烈なものになっていたとしてもですか？」

辛うじて聞き取れた、低く、呻《うめ》くような女性の言葉に沈黙が落ちる。何やら考えたのち、男が一歩距離を詰めた。オレンジの灯りの中にくっきりと男の姿が浮かび上がり、アンセルはその姿に息を呑《の》んだ。

（カムデン……）

それはグレイスのために宝飾品を作りたいと考えていた際に、どこからともなく現れて紳士クラブで話しかけてきた商人だった。上流階級に伝手《つて》があるようで、ケインがアンセルを手伝って宝石商を探しているのを知り、声をかけたのだという。どうにも胡散臭《うさんくさ》く感じて追い返したのだが……その男が何故《なぜ》ここに？

「アマンダ・ヒューイットの新作のことかな」

しっかりした口調がその名を告げ、アンセルははっとした。どうしてこの男の口からアマンダの名前が出るのか。しかもこのタイミングで。もしかして例のデザインの盗用にこの男が何か関わっているのか――。

何か小声で女性が話し、カムデンも小声の早口で答える。それから言い含めるように言葉を続けたのち、顔を上げた男が冷たい目つきで宣言した。

「呪ってやるとは……わかりました。ならばこちらにも考えがあることを覚えておいてください」

奥歯を食いしばったような、囁《ささや》き声に近いやや不明瞭な言葉だったがどうにか聞き取ることができた。そのままくるりと踵《きびす》を返した男が、出口を求めて歩き去る。

停車中の馬車に紛れて、彼の姿が見えなくなるまで見つめたところで、そっとグレイスが呟《つぶや》いた。

(……あの男、何者でしょうか)

その姿を細部まで見ようと、馬車のガラスに頬を押し付けてどうにか行く先を見ていたグレイスの言葉に、アンセルは躊躇《ためら》った。彼は怪しげな宝石商で、自分達の元に何か話を持ってきていたと、そう説明するべきか否か。グレイスに隠し事はしたくないが、さあどうしようか。そんなことを考えながらしばらく、腕の中のグレイスのすべすべした頬を人差し指で撫《な》でていると。

(誰か来ます!)

妻の囁き声に視線を上げる。未《いま》だ立ち尽くす女性の元に一人の男性が歩み寄るのが見えた。戻ってきたカムデンかと、アンセルは再びグレイスの頭を抱き寄せるが。

(ん?)

暗がりに浮かぶシルエットは長身で、身体にフィットした上着から腰の細さがうかがえる。長い手足と何より、その動作が見飽きるほどに馴染《なじ》みがあった。おや？　と目を凝らすアンセルとグレイスの視線の先で、男性はなにごとかを語りかけて、彼女の腕を掴《つか》もうと手を伸ばした。その瞬間。

「!?」

きらりと何かが光を反射して二人の目を射る。それと同時に男が左腕を押えて蹲った。

「ケイン!」

馬車の中でアンセルが大声で叫び、勢いよくドアを開ける。身を乗り出していたグレイスを抱えてステップから飛び降りると、彼女を地面にふわりと降ろし、座り込む弟の元に駆け寄った。

「兄さん？」

血相を変えて走ってくる兄に、ケインが驚いたように目を見張った。

「大丈夫か？　今のはなんだ!?」

「油断してて斬られた。でもたいした傷じゃなさそうだ」

「そうじゃなくて」

「ケイン様ッ」

再び声がし、二人が振り返ると、ドレスの裾をたくし上げたシャーロットが向こうからダッシュしてくるのが見えた。大げさな、と目を丸くするケインの元に秒で駆けつけると、青ざめた彼女が腰を落とした。腕を押さえるケインの手袋が赤に染まり、シャーロットの身体が震える。

「あああああ貴重なケイン様の血がっ！　大切な循環系がッ！」

普通の令嬢なら卒倒するところをこのお嬢さんは……。

「他に言いようがあるだろうが」

そんな呆《あき》れたようなケインの台詞を他所に、自分の幅広のネクタイを外したアンセルが弟の傷に押し当て、強く圧迫した。

「グレイス、御者を……」

そう言いながら顔を上げたアンセルは、不意にグレイスがどこにもいないことに真っ青になった。

「グ、グレイス⁉　グレイスはどこだ⁉」

ケインとシャーロットも弾《はじ》かれたように顔を上げる。三人の視線が周囲を確認するが、グレイスの姿がない。

「もしかして……」

シャーロットがどこか尊敬したような、感心した声で呟く。

「追いかけていかれたのでしょうか」

なんてことだ！

「――傷を押さえてくれ」

ぐいっとシャーロットの手首を掴んだアンセルが、ケインの傷口に彼女の掌を押し当てる。それから素早く立ち上がると一瞬で駆け出した。

「グレーイスッ！」

絶叫が辺りに響き渡り、靴音がガレージの中に響き渡る。出入口にたどり着くまでのほんの数秒間に、倒れて血に染まるグレイスを妄想したアンセルは、ようやく彼女の姿を発見してどっと身体を安《あん》堵《ど》が襲うのがわかった。それでも声が聴きたい。

「グレイス！」

石畳の上に立ち、外気に身を晒《さら》していたグレイスは、近づいてくるアンセルを振り返り、きゅっと唇を引き結んだ。それから残念そうに首を振る。

「あの女性はここから走って出ていかれました。追いつけなかった」

このドレスがなければまだ、とむうっと唇をへの字に結んで長いスカートを見つめていると。

「そういう問題じゃない！」

ぜいぜいと肩で息をしたアンセルが、妻の肩を掴んで振り返らせる。それから驚いたように目を見張る彼女をぎゅっと両腕で抱き締めた。グレイスが目を白黒させる。

「ここは誰かが彼女を追うシーンなのでは……」

「それが君である必要はないだろう⁉」

「でもあの時に手が空いてたのは私だけなので」

「それでもダメなものはダメだっ！　向こうはナイフを持ってたんだぞ⁉」

ぎゅううう、と力一杯抱き締められる。その腕が震え、耳元の呼吸が荒い。触れ合った肌から伝わる鼓動がとても速いことに、グレイスはしゅんとするのと同時にじわりと温かいものが込み上げてくるような、オカシナ感覚を味わった。

アンセルの心配が手に取るようにわかり、軽率だったかなと己の行動を省みる。

「君が刺されたら……」

「ごめんなさい」

そっと素直に呟かれたグレイスのそのセリフに、募る叱責をぐっと堪《こら》え、アンセルは温かな首筋に額を押し当てた。

「それで、あの女が何者かわかったのか？」

呻くようにして尋ねるアンセルに、ほっと力を抜いたグレイスが「多分ですけど」と呟いた。

「前に見たことのある人、だと思います」

そんな大騒動が起きる少し前――。

（そういえば、グレイス様、戻ってきてませんわね……）

舞踏会では「壁」が定位置のシャーロットは、ふとアンセルが大股でホールを横切り、グレイスを拉致してから既に一時間以上経《た》っていることに気が付いた。二人がシャーロットの傍《そば》を離れてからずっと、噂《うわさ》にならない程度に令嬢たちと踊るケインを観察していたので気付かなかった。

ケインの足さばきとか……腕の取り方とか……にこやかに微笑《ほほえ》む様子をじーっと観察していてすっかり二人のことを失念していたのだ。

今現在、ケインはリンドー子爵夫人と楽しげに踊っている。確か前に付き合っていた女性だ。年老いた子爵と結婚した夫人はまだ若く、未亡人になった彼女を慰めていたと記憶している。その彼女と踊る姿に、二人の恋はまだ続いているのかとシャーロットは遠いところで考えた。

（ああいう女性がお好みですよね、ケイン様は）

少し儚《はかな》い感じがする色白の、線の細い女性。憂いを帯びた表情をし、困ったように首を傾《かし》げてケインを見上げるその控えめなところが、彼のツボなのだろうか。綺麗《きれい》なターンを描く二人を眺め、それからシャーロットは己の衣装に視線を滑らせた。

お前は土曜日生まれですからね、グリーンがラッキーアイテムですわ！

そう、シャーロットに輪をかけて占いやら魔法やらが好きな母から言われ、シャーロットは今日もグリーンのドレスを着ていた。首から下がるネックレスもイヤリングも、ふわふわに膨らんでいる髪を押さえ込む髪飾りも全てグリーンだ。

自分がひそかに「ワイルドグリーン」と呼ばれていることを知っているシャーロットは、十代の頃と比べて、母の目が届きそうもない時は好きな色のドレスを着るようにした。それでもワイルドグリーン率が高いのが悲しい。

（私もこうリンドー子爵未亡人みたいに憂いの眼差《まなざ》しができたらいいのかしら）

か弱く、よよよ、とソファに倒れ込む姿をシミュレーションする。……うん、意外といいかもしれない。周囲を見渡し、傍にちょうどいいソファを見つけたシャーロットはさっそく練習をすることにした。ちょうど鉢植えのレモンの木が数本、置かれているし、ワイルドグリーンの自分は完全にその鉢植えに同化すること間違いなしだ。ていうか、誰もシャーロットなぞ気にしていないだろうし。

長年培った壁の花の異名は伊達《だて》じゃない。いそいそと、「儚げな女性」計画を実行すべく、シャーロットはソファの数歩手前でよろ、と足を踏み外す振りをし、額に手の甲を押し当てて「ああっ」とふらつきながらソファに頽《くずお》れた。クッションが頬に当たり計算通りの動きに、「完璧っ」と心の中で快哉《かいさい》を叫ぶ。そのまま、目を閉じちょっとだけ世界を遮断したシャーロットは、うっとりとその先を妄想して――。

「レディ・シャーロット⁉」

唐突に現実世界で声をかけられてぱちりと目を開けた。

「ッ!? ケ、ケイン様!?」

そこにはなんと、心配そうな顔でソファのかたわらにしゃがみ込み、こちらを見つめるケインが。

「大丈夫なのか?」

真っ直《す》ぐにこちらを見つめてくる、やや明るい青い瞳に、シャーロットは目を奪われた。

まさかそんなこの超至近距離でケイン様と見つめ合う時がくるなんて思ってなかったし、その時がきたということは自分の人生がもう終焉《しゅうえん》でつまりこのまま安らかに眠りにつく可能性も——。

「我が人生に一片の悔いなしッ」

「レディ・シャーロット!?」

んんっ、と顎に力を入れて歯を食いしばり、涙を堪えるようなシャーロットの肩を掴んで、ケインが乱暴に揺さぶる。

「しっかりしろ!? ていうか、起きろ!」

「いいんです……ケイン様に心配していただけるだけでもう天に召されても構わな」

「何を言ってるんだよ、あの女がいる!」

ぐいっと乱暴に引き起こされ、シャーロットは目を瞬《しばた》いた。ソファの隣に座り込んだケインが、鉢植えの隙間からホールを見た。

「あ、あの女?」

くしゃくしゃになった髪に手を当て、目を白黒させるシャーロットをケインがそっと肘で小突く。

「ほら、あれ」

「あ」

キラキラしたシャンデリアの下、鏡面のような床をたくさんのドレスや靴がリズムを刻んでいる。

その端っこを、ひっそりと移動する女性にシャーロットは目を見張った。あの日と同じ、喪服といってもおかしくない服装の、件《くだん》の女性がいる。上流階級の人間というより、付添婦人《シャペロン》や家庭教師《ガヴァネス》といった雰囲気だが、それでもくすんだ金髪に青ざめた細面の顔と、その中心で大きく見開かれている眼差しはあの日、魔法道具店で見た人物に間違いなさそうだ。

「なんで舞踏会に……というか、どこかのご令嬢の付き添いの方なんでしょうか？」

「移動するみたいだな」

レモンの木の陰からでは追えない位置に移動していく女に舌打ちし、ケインがシャーロットの手首を掴んで立ち上がる。

「追うよ」

「ええ!?」

そのまま綺麗にターンをすると、シャーロットの腰に手を回したケインがワルツを踊る輪の中にするりと潜入する。

（ひょえええええええ!?）

憧れのケインとまさかワルツを踊るとは思っていなかったシャーロットは、頭の中が真っ白になった。緊張と混乱と、例の女を探らなければという使命感とがごっちゃになり、表情が引きつる。というか、手汗が半端ない。このままでは手を取るケインの手袋が湿る、と何故か発汗を止めてください神様と無様すぎる祈りを繰り返しながら、それでもシャーロットは必死にケインの動きについていこうとした。

当のケインは正確にステップを踏みながらも、視線を女性から離さない。なるべく移動する距離を短くしながら、彼は件の女性が深い紫色のドレスを着た女性に近づくのを見た。

「ミス・ソートン……」

「へ？」

すっと、彼の眼差しが険しくなり、シャーロットは強引に身体を入れ替えた。ケインの腕の横から見れば、謎の女が背が高く、姿勢のいい金髪の女性と話している。ミス・ソートンといえば、例のグレイスが囮《おとり》になっている件の犯人と目される人物だ。その彼女と何故……？

そう、二人で交互に相手を観察するうちに、彼女たちは短いやり取りをした後足早に舞踏場を去っていく。やや強引にケインがシャーロットを端まで連れて行くとパッと手を離した。

途端、がくん、とシャーロットの膝が折れ、ぎょっとするケインの前でしゃがみ込んでしまった。

「レディ・シャーロット!?」

「だ……だいじょうぶです、ロード・ケイン……は、早く二人を追ってください……」

「いや、しかし……」

「ち、ちょっと……ストーカーの許容量をオーバーしただけというか遠くから眺めるだけで生きていることを実感していたのにいきなりこんな長い触れ合いなどしたら循環系に支障をきたすというか後で私も追いかけますからどうか……」

くわっと目を見開いたシャーロットが、真っ直ぐにケインを見た。

「ていうか、早く行ってください！　二人が特になんの関係もなければそれでいいですし、何か関係があるのだとしたらそれはそれで対処が必要でしょう？」

震える声で告げるシャーロットと、遠ざかる二人の背中を見つめて、ケインは一つ頷《うなず》いた。

「貸しにしておいてくれ」

そう告げてその場を去るケインを見送り、へたり込んでいたシャーロットは周囲の気の毒そうな視線などまるで気にすることなく立ち上がった。生まれたての仔《こ》馬のように足が震えているが、それ以上に胸が躍っている。

貸し。そう、ケイン様に貸しができたのだなんというラッキーチャンス！

うひょおおお、という謎の雄たけびを心の裡《うち》で上げながら、シャーロットはよろよろと壁際に移動すると、循環系が正常に戻るまで安静に……とばかりにソファに座り込むのであった。


「その身体を巡る血潮を噴出させるなんてあの女は万死に値しますね」

物騒すぎるセリフを吐くシャーロットに複雑な視線を送りながら、ケインが「そういうわけで」と話を締めくくる。

「追いかけた先にいたあの女に声をかけた」

「無謀にもほどがあるだろう」

すぐに御者を呼びに行き、グレイスとシャーロット、ケインを馬車に詰め込んだアンセルは、シャーロットと一緒に来ていたエッセル伯爵夫妻に「ご令嬢は我々がお送りします」と言伝《ことづて》を残して大急ぎで戻ってきた。公爵家に着くと医師を呼び、傷口を縫われる羽目に陥ったケインは、現在ソファに寝そべり、腕をつられている状態だ。そのうち痛み止めに飲んだ薬のせいで眠気が来ることが予想される。

「刃物を持ってるとは思わなかったんだよ。それに、彼女が何者か知りたかった」

だるそうにそう告げるケインに、向かいに座っていたアンセルが身を乗り出す。

「で、わかったのか？」

「……少しいいかな、と話しかけて……向こうが反射的に逃げようとしたから『ソートン夫人とはどこで知り合いに？』と直球で尋ねたところで斬られた」

「それだけ怪我《けが》をしたのに何もわからずじまいか！」

情けない、と天を仰いで額に手を当てるアンセルに、ケインが半眼で訴える。

「仕方ないだろ？　直接聞くのが一番手っ取り早いと思ったんだから」

何故かうんうんと頷くグレイスを視界に収めながら、アンセルは取り敢えず今聞いた事実を繋《つな》ぎ合わせてみた。

「謎の女が何故かミス・ソートンと一緒にいた。その女は怪しい宝石商のカムデンと繋がりがあった。そのカムデンの口からアマンダの名前が出た……」

「アマンダさんはデザイン盗用をされている」

引き取って続けるグレイスに、アンセルが一つ頷いた。

「そう、どうやらミス・ソートンが盗用しているらしい」

アンセルのその言葉に全員の間に沈黙が落ちた。だがこれら全ては憶測の域を出ず、そもそも何故こんな盗用を行っているのか理由がわからない。

「まずはカムデンと謎の女との繋がりだが……この二人がどこで繋がっているのか、考えられるのは彼女がいた魔法道具店ということになるが……」

「俺が調べるよ」

身体を起こし、怪我をしていない右手を上げるケインを見てアンセルが眉間に皺《しわ》を寄せた。

「お前は怪我人だろ？」

「冗談。これくらいなんでもない。明日には普通に動ける」

「安静にしてろと言われただろ」

だがそれにケインは何も返さない。ついっと視線を逸《そ》らして沈黙する弟に、アンセルは苛立《いらだ》たしそうに前髪をくしゃりとした。この弟もそうだが、ラングドン家には頑固者が多すぎる。

「……調べるだけだぞ」

「了解」

にやっと笑って告げるケインに、シャーロットがじいっと視線を注いでいるのをグレイスは見逃さなかった。ぎゅっとドレスの裾を握り締めている様子から何か手助けを願っているのがわかる。

「ケイン様はあの魔法道具店を見張るのですよね？」

グレイスのセリフに三人の視線が彼女の方を向く。

「ならシャーロットにまた案内してもらえばいいと思うんですけど」

にっこり笑う公爵夫人に全員が絶句した。

「グ……グレイス様……それはあの……ちょっと無謀なのでは……」

唖然《あぜん》とする男性（特にケイン）を見ながらシャーロットがおずおずと切り返した。だがグレイスは己の提案が一番いいと自負しているため、胸を張る。

「でもあの店、大人の男性が一人で行くような店でもなかったじゃない。それに、ケイン様は今回の件で例の女に顔を知られちゃったわけでしょ？　ならあの場にいたけど、ケイン様との繋がりがぱっと見ただけではわからないシャーロットが一緒に行った方がいいと思う」

どうですか？　とにこにこ笑うグレイスにケインが血相を変えて反論する。

「まてまてまてまて、仮にも彼女は伯爵令嬢で」

「外からケイン様が見守っているから問題ないじゃない。例の女が店内で暴れるとは思えないし、それに彼女があのお店で何をしているのか探るのに常連であるシャーロットなら警戒されないわ」

我ながら名案、と嬉《うれ》しそうなグレイスに、必死になってケインが口を開いた。

「そういうんなら、その内偵の役目はグレイスでも良いじゃないか！　他人のシャーロットを巻き込むのではなくて、身内のグレイスが一緒に」

「ケイン」

その瞬間、地獄の底から響いてくるような、地を這《は》うような低い声が耳朶《じだ》を打った。刹那、ケインはコンマ一秒で後悔した。ケイン史上最速の後悔だ。

「あ、いや、違う。間違い……間違いだ、兄さん」

慌ててソファの座面にしゅばっと正座をする。そのまま頭を下げそうなケインを、アンセルが恐ろしいほどの笑顔で見つめた。

「そうか？　そうだよなぁ、間違いに決まっている。まさかそんな、わたしの、大事な大事なグレイスを危険な所に行かせるなんて、ああまさかそんなあり得ないよな？」

「そうですよ、私は別の任務があるんですから！」

唇を尖《とが》らせて告げるグレイスの背中に、隣に座るアンセルがさりげなく手を回す。

「そうだな、グレイス。君には社交界を渡り歩くという囮の役目があるものな」

「違いますよ、アンセル様。囮の任務は、私の好みのデザインを見せつけてカムデン、ミス・ソートン、謎の女をあぶり出したところで完了です。次に連中はアマンダさんの工房にデザインを盗みに来るはずなんです！」

ぐっと拳を握り締めるグレイスに、ぎょっとしたアンセルが、コンマ一秒で妻を覗き込む。

「も、もしもしグレイスさん？　君は一体何を……」

「止めても無駄です。ケイン様とシャーロットが謎の女とカムデンの繋がりを探るんなら、私はアマンダさんの屋敷にそのどちらかがやってくるのかを見張る必要があるじゃないですか」

「ちょーっと待て、グレイス。それはわたしでもいいのではないか？　アマンダの屋敷に出向くのは」

「ダメです」

間髪入れずに答えられて、アンセルが目を瞬く。

「だがその方が安ぜ」

「ダ、メ、で、すっ！」

ふいっとそっぽを向くグレイスの頬が丸く膨らんでいる。それを見たアンセルの心臓がどきりと一拍強く鳴った。これは……ひょっとしなくてもひょっとして……？

「グレイス……君はもしかして、アマンダに嫉――」

「囮として舞踏会に出続けた結果、怪しい人物を引き当てました！　ということは次の段階は潜入捜査です！　シャーロットが頑張るんなら、私も頑張らないと！」

頬を紅潮させて訴えるグレイスの手を取り、アンセルがぎゅっと握り締める。

「そんなことをしなくても、わたしもアマンダのところには行かないから。あの屋敷には警護の人間を付ければいいだけだし、だからグレイス、ちゃんと『アンセル様、行かないで』と一言――」

「アンセル様はお屋敷にいてください！　私が必ず盗用の証拠を握ってまいります！」

「いや、だからそれでは意味がな」

「というわけで、明日から頑張りましょう、シャーロット！」

「ちょっとまて、グレイス！　わたしはそんな無謀な行動を許可しないぞ!?　グレイス、『私は潜入捜査などしません！』と今ここで誓うんだ！」

「……私は潜入捜査などしふぁえふんえふん」

「語尾を濁さない！」

「わたしはせんにゅうそうさなどしません」

「棒読み！」

「ワタシハ　潜入捜査ナド　イタシマセン」

「片言！」

絶対だめだ！　を繰り返すアンセルの横でひょいっと肩を竦《すく》め、「はぁい、わかりましたぁ」としれっとした顔で告げるグレイス。その様子に、夫は必死の形相だ。

その二人を見たシャーロットとケインは図らずも同じ感想を抱いた。

公爵様に幸多かれ、と。

9　三者三様、作戦行動

「公爵閣下《ユアグレイス》はまだまだ奥様の性格を把握なさってないですね」

どこかどや顔でそう告げるのは、アンセルに負けず劣らずグレイスを崇拝している侍女のミリィだ。

夏の朝は早い。冬季には完全に夜中の暗さを誇る時間帯にはもう白々と夜が明けている。そんな朝日を眺めながら、紺色のウールのドレスに白い麻のエプロン、それからキャップをかぶったグレイスが早足で目的地へと歩いていく。その隣に付き従う侍女も同様の格好だ。

現在グレイスは、「単独行動禁止！」と力一杯告げた旦那様が爆睡する横から抜け出し、侍女を連れてグレンストリートを進んでいた。旦那様はしばらく起きないだろう。

あの舞踏会から一週間が経《た》っていた。グレイスとしてはすぐにアマンダの屋敷に向かいたかったのだが、警戒したアンセルが終始彼女につきまとい、行動制限を余儀なくされていたのだ。

だが、天はグレイスの味方だったらしい。

昨日、アマンダから手紙が届いた。そこにはソートン夫人の新作が、シャーロットのデザインした髪飾りとそっくり同じだったこと、大急ぎで工房を確認したが、シャーロットのスケッチブックに描かれていた本物のデザインはアマンダのデスクの引き出しに残っていたこと、それから何者かが薄い紙を当てるなどして写し取っていったらしいことが記されていた。

前回までは捨てられていた没案を拾い上げていたが、今回は廃棄の中にグレイスが好むデザインがなかった。そのため、スケッチブック丸ごと一冊盗んで早急にバレるよりは、写しを取る方を選んだのだろう。それが仇《あだ》になったと、アマンダは告げていた。そんなことを短時間でできるわけもないという一文と共に。

それが指し示すこと――すなわち犯人は身内だということだ。自分の部下を疑わねばならない苦い思いでいっぱいなのが手紙から見て取れて、グレイスはここそが自分の出番だと確信した。

アマンダではどうしても曇りがちになるだろう人物評を、自分がしっかりと見極めればいい。相手のことを前情報なしのグレイスが探ることで、きっと盗用に加担している人間を見つけ出せる。

そこから、謎の女とカムデンを芋づる式に掘り出せれば言うことなしだ。

そう考えたグレイスは、アンセルに一言もその考えを明かさず「まずは囮《おとり》として役に立ててよかったです」と笑顔で告げた。更には寝室でも必死に相手をし、終わった後よく眠れるよう、カモミールのお茶を出し、おまけにぴったり寄り添って眠ったのだ。

グレイスの囮案件が終了したという安心感もあってか、相手はなんの不安もなくぐっすり眠っている。それを逆手に取った妻がとっとと作戦行動に出ているなど夢にも思わずに。

「それにしても奥様……メイドと同じ格好までなさる必要があったのですか？　夜明けと共に出発するだけで良かったのでは？」

あ、でももちろん、どんな格好をなさっていても、奥様は私の奥様ですから、問題はないのですが。

そう早口に告げるミリィに、グレイスは「ぐっふっふ」と低音の笑い声を漏らした。どこか――最近できた『初めての友達』と同類の笑い声だ。

「往来にいつまでも停車している馬車がいたらびっくりするでしょう？　それなら公爵家から『応援』で使わされた侍女が二人、事務所内にいた方が絶対有利よ」

「それはそうですが……悔しいですが、奥様を囮にするのはもちろん、ご自身で捕まえに行かれるというのも……私は公爵様と同じで反対したいのですが」

眉をひそめて見上げてくるミリィに、グレイスは少し目を見張ると、ふっと苦笑した。

「あのね、ミリィ」

「はい」

「私の結婚前からの心残りと言うとね」

「はい」

「アンセル様相手に、公爵家に嫌がらせを繰り返していたウォルターを捕まえて『どうだ！』と言えなかったことなの」

「――へ？」

満月よろしく目を真ん丸にし、主《あるじ》を見上げるミリィに、朝日を浴びた横顔を憂えるように伏せたグレイスがそっと囁《ささや》くように呟《つぶや》いた。

「私はね、ミリィ。アンセル様のために何かすることができたら、アンセル様に本当に好きになってもらえるかもしれないってずっとそう思ってたの」

唐突な主の告白に、ミリィの口が更にぽかんと開いた。そんなミリィにグレイスは苦笑する。

「ミリィとしては、私が公爵様に一泡吹かせて華麗なる退場を望んでいるんだと思ってたでしょう」

全くその通りだ。こくん、と頷《うなず》く侍女に、グレイスは「ごめん」と切なそうな顔で呟く。

「実は……真逆のことを考えてたの。アンセル様が自分のどこを好きになってくれたのかわからなかったし、囮だったと言われて『ああそうか、なら納得』って思っちゃったし」

でもグレイスの気持ちはそこで終わらなかった。その頃にはもう、引き返せないほどアンセルのことが好きだったから。演技だとしても、時折見せる優しげな表情も、何かを堪《こら》えるような表情も、そっと触れる指先も、自ら振り切って捨ててしまうには惜しいと思ったのだ。

「自分が貶《おとし》めたものがどれだけ素敵なものだったのか、見せつけたかった。そして今度こそ本当に惚《ほ》れてもらいたい……そんな気持ちでいっぱいだった」

「――そうだったのですね」

あの大変な騒動の最中、主が考えていたのがほとんど公爵様のことだというのは知っていた。だがまさか、もう一度振り向いてほしい、惚れてほしいと思っていたとは思わなかった。ミリィは複雑な表情で押し黙る。自分だったらどうだろう、と考えてしまう。確かに全部諸々《もろもろ》誤解だったが……その誤解をしているさなかに、「ちゃんと自分を見てほしい」と思えるだろうか。

「……前から思ってましたが、グレイス様は本当にお強いんですね」

一目惚れしたと言ってくれた相手から実は好かれていない、好意が演技だと思ったら身を引くのが普通だろう。だが、自分の主は「なら一泡吹かせよう、振り向かせよう」に針が振れるのだからたいしたものだ。

改めて尊敬の眼差《まなざ》しで見上げるミリィと視線を合わせたグレイスが、肩を竦《すく》める。

「そうかな……幸運にも好きな人ができたヒトは、相手をゲットするために死に物狂いになるんじゃないの？」

「奥様の場合、死に物狂いの振り幅が他の人と違います」

本当に死ぬ気で突っ込んでいくんですから、と半眼で訴える侍女に、彼女は思わず笑い声を上げた。

「ほんとね。いやでも、ミリィだって『この人欲しいな』って思ったら突っ込んでいくものだって」

「そんな恋、身を滅ぼすだけですよ」

うーん、でもいつかはそういう風に決断してやらなければいけない日もやってくるわけで、とぶつぶつ零《こぼ》す主を他所《よそ》に、「着きましたよ」とミリィが声をかけた。途中まで辻《つじ》馬車を拾い、グレンストリートの入り口辺りから歩いてきたグレイスは、持っていた巾着から度の入っていない眼鏡を取り出して装着する。それから自分が書いた紹介状にそっと触れた。

「もう一度聞きますが……本当に潜入なさいますか？　私一人でも内部事情をご報告できますけど？」

心配そうな侍女を前に、グレイスは首を振った。

グレイス・クレオールの丸ごと全部を愛している、全てが欲しいとそう言ってくれたアンセルだが、やっぱりグレイスとしてはなんとかしてアンセルに相応《ふさわ》しいと、誰からも認められるような人間になりたいのだ。それにアンセルの言う丸ごと愛してる、の丸ごとが何か不明瞭な気がする。全部好きだって言われたけど、具体的に何が好きなのか……それが知りたいと思うのは我儘《わがまま》だろうか。

というか何よりも。

「私自身が、私を認められてないのが原因かな。……公爵家の一員としてお役に立っているかといわれると首を捻《ひね》るしかないし」

きゅっと唇を噛《か》んで、きらきらした夏の朝日に照らされたヒューイット宝飾店を見上げる。

「それに、囮として抜擢《ばってき》されたのなら評価されたい」

「――アマンダ様のジュエリーを巡る陰謀で？」

「ええ」

そっと尋ねるミリィに、グレイスはしっかりと頷く。この潜入で盗用を行っている犯人を捕まえる。囮は相手を捕まえてなんぼなのだ。

「奥様は公爵家の切り盛りを頑張ってらっしゃいます。それだけで私には十分だと思いますが……だめなのですか？」

未《いま》だに彼女を引き留めようと頑張るミリィの、上目遣いで囁かれた台詞に、グレイスは苦笑すると首を振った。

「それは公爵夫人ならできて当然のことよ。できたところでプラマイゼロ。そこからプラス評価を貰うためには、何かトンデモナイことをしないと」

ぐっと胸を張る主に、労働階級のミリィは「確かにそうかもしれない」と困惑気味に考えた。

主から求められるものと同等の仕事を返せれば、それは普通。求められるものの更に上を行けば、上に行った分だけ評価に繋《つな》がるだろう。そして、求められるレベルに達していないのは論外だ。

「でも別のやり方で公爵夫人としての評価をプラスにできることがあると思うのですが」

「駄目よ。アンセル様は評価激アマなんだから」

なるほど。グレイスの社交界での評価は相変わらず「何故《なぜ》あの女が公爵夫人!?」である。それを覆すために、本人はやる気なのだろう。

社交界を飛び回っている貴族連中が「公爵夫人、新進気鋭のデザイナーを狙う賊を逮捕」というセンセーショナルすぎる出来事を良しとするかどうかは……考えないでおこう。

「さ、そうと決まれば臨時メイドとして働くわよ！」

きっと顔を上げるグレイスの、その丸眼鏡が朝日を弾《はじ》いて真っ白に輝く。瞳の見えないその様子に、ミリィも決意する。とにもかくにも、親愛なるグレイスお嬢様が自分を頼ってくれたのだ。これはもう、全力でお守するしかない。

「では参りましょう」

先輩メイドとして矢面に立つつもりのミリィは、グレイスから差し出された本人記載の紹介状を受け取ると、朝も早い居住区併設の建物裏口へと突進していったのである。

白いレース飾りのついたキャップを深くかぶり、ちょっと長めに下ろした前髪と眼鏡で顔を隠したグレイスは、使用人用の入り口で出迎えてくれたアマンダの秘書、ホワイト夫人と一緒に執務室へと通された。

「公爵夫妻がわざわざ臨時の雇い人を？」

アマンダに渡した紹介状には、自分が個人的に信頼している侍女のミレニアムとレイスを夕方まで働かせるので、何か困ったことがあったら二人に言ってください、公爵家が全力でお手伝いしますと記載されている。公爵家の印章が押された便せんをじっと見つめていたアマンダが顔を上げた。

なるべく堂々と胸を張って立つミリィの後ろで、グレイスは顔を上げたくなるのを我慢し、俯《うつむ》いて控えめに立った。二人ともきっちり、メイドのお仕着せを着ているからバレることはないはずだ。

「――お二人の勤務は五時までということですが……」

「こちらには夜間の警備がついていたかと思います。その方と交代、というような感じですね」

胸を張ってミリィが答える。これは現在、アンセルがとっている対策の一つだ。

昼間は来客が頻繁で、それほど警戒するに値しないだろうから、夜間に警備の者を手配していたのだ。グレイス達はその警備と交代して帰る予定だが、ほんの少し泊まり込みの捜査に憧れがあった。

だがいかんせん彼女は「公爵夫人」である。家を空けていられる時間に限りがあるし、事情によっては来られない日がある。そこはミリィがカバーしてくれるというから任せるとして、グレイスはできる限り早朝から夕方までここにいようと決意していた。

自分が来られない時にはもう一人協力者を探し出して、レイスの代わりにミリィと一緒にここで働いてもらおうかなと考え込んでいたグレイスは、「では奥様のご厚意に甘えさせていただきます」というアマンダの声にはっと我に返った。そーっと見上げると、彼女は既に別の書類に目を通している。

「ホワイトさん、彼女達に仕事を」

「はい。ではミレニアムさんとレイスさんには来客者のチェックをお願いしましょう」

こうして無事、二人は来客者が訪れる受付付近で待機することになった。受付業務は今まで通り、アマンダの会社の人間が担当する。その脇で目を光らせているのが二人の役目だ。

といっても、メイド服姿の人間がただぼーっと立ってるのも、逆の意味で目立つので。

「こうしましょう、ミリィ。一時間交代で屋敷内のチェックがてら清掃をする人間と、ここで一時間来客を観察する人間の二手に分かれましょう」

清掃は主に廊下付近を重点的にする。何故なら窓が沢山あって外の様子を逐一チェックできるからだ。訪問客の確認をする方は、玄関横の階段の手すりを磨けばいい。

場合によっては、交互にずーっと磨き続けることになるのですり減りそうな予感しかしないが、取り敢《あ》えずその方法で行くことにした。最初はグレイスが見回りに出るつもりでそう提案すると。

「私……手すり磨き初めてです」

「そうなの!?」

不安げに階段を見上げて呟くミリィに、グレイスは心底驚いた。

「はい。一応私はレディスメイドとして雇われてますので……」

「あ」

そうだった。大きな屋敷のメイドは、様々な職種に分かれて働いている。洗い濯《ランドリー》、洗場《スカラリー》、厨房《キッチン》、寝室整備《チェインバー》、接客応対《パーラー》からお菓子作り専門のスティルルームメイドまで。掃除はハウスメイドの役割なので、上級職のレディスメイドとなるミリィがやったことがないというのは当然なのだ。

(実家の伯爵家は人手がなかったからな……)

家政婦とグレイスが屋敷のこと全般を役割分担をしていた。それを踏まえて、ではこうしよう、とグレイスが提案し直す。

「伯爵家《実家》では私がなんでもやってたから、屋敷内をくまなく掃除しながら見て歩くから、ミリィはレディスメイドらしく秘書さんのお手伝いをしてて」

はい!? とミリィの目が大きくなる。何を言い出すのだこの公爵夫人は!? というところだ。

「で、ですが……」

「ハウスメイドのあれこれを教えてあげてもいいけど、ここには雇われにきたわけじゃないんだから。あくまで目的は潜入捜査! なら最初から自分ができることに重点を置いた方がいいわ」

そして私はハウスメイドができることは一通りできる。

「あ、あのお嬢……いえ、奥さ……いえ、レイス様!?」

「レイスでいいわよ。同僚同士に様はなし～」

「ミス・レイス!? ダ、ダメです! そんなお掃除なんて」

「だいじょぶだいじょぶ」

「大丈夫じゃありませんっ! これはいくらなんでも公爵様に言い訳が」

「じゃ、あとよろしくね!」

うっひょー、久しぶりにお掃除できるぅ～!

「――ミス・レイス……」

相変わらず猪突猛進《ちょとつもうしん》タイプだなと思うが、それでも不意に敬愛する主の瞳がきらきらと光り輝いているのを見て、ミリィはちょっとだけ頬を緩ませた。公爵夫人としては絶対に型破りだ。だが、それでも彼女は屋敷中の使用人に愛されているとそう思う。バケツに床を磨く用のワセリンとレモン石鹸《せっけん》、たわしとブラシを突っ込んでうきうき歩いていく主を見送り、ミリィはぱしり、と両頬に手を当てた。できることをしましょう、それが主のモットーだ。

「とにかく、今回はアマンダ夫人と一緒に使用人達を内偵しなくてはッ」

今回はグレイス奥様に危害を加えようとする人間はいない。この前のように命の危機に陥ることもないだろう。一時間後に落ち合うことを約束し、ミリィはホワイト夫人を手助けするべく待機する執務室へと足を向けた。

ケインの良いところはとても愛想よく、誰にでも親しみやすい雰囲気を出せるところにある……とシャーロットは思っている。オーデル公爵のような近寄りがたさがなく、誰にでもフランクで明るく話しかけ、好青年といった印象を他人《ひと》に与えている。だが意外と懐に入れる人間は少なく、慎重に友好関係を築いているというのもシャーロットは見抜いていた。

そしてそんなケインの総評は、連日、例の魔法道具店を観察しているうちに確信になっていた。

「そんなに警戒なさらなくても、襲いかかって噛みつくなんて野蛮な真似《まね》いたしませんから」

例の店の前に到着した際、シャーロットはやけにきっぱりと告げた。二人きりにならないよう、馬車の中にはシャーロットの侍女も乗っているが、少しぽっちゃりめの彼女は心地よい馬車の振動に誘われて居眠りをしている。彼女を起こさないようにそっと立ち上がって扉前に移動したシャーロットは、銀製のノブに手をかけてちらりと座席を振り返った。

現在、状況だけ見れば、ケインとシャーロットが二人で外出を楽しんでいるように見える。健全な交際、といったところか。だが実際は違う。

ケインは明らかに仏頂面だし、自分は少しでもお役に立てればと緊張して顔が引きつっている。男女で甘い外出を楽しんでいるとは到底言えない様子だ。だがどこに社交界の目があるかわからないし、この魔法道具店は貴族のご令嬢の間でちょっとした人気の店でもある。何かの拍子に周囲の視線を集め、噂《うわさ》のネタになってしまったら大問題だ。

そしてそうした面倒事を回避するために、ケインがほぼ無言で閉じられた貝のような態度をとるのも仕方がない。だがここまで大っぴらに「不服である」を連日態度で訴えられると、いくらストーカーのシャーロットでも傷つく。

なので、少しは態度を軟化して欲しくて、彼女は溜息《ためいき》交じりに告げた。

「安心してください、ケイン様。私が連日この店を訪れ、ここで誰と何をしているのか、馬車に誰が乗っているのか、絶対に悟らせない自信があります。故に万が一……いえ、億が一にもケイン様の評判が台無しになるようなことはありません」

早口でそう告げて、シャーロットはひょいっと馬車から飛び降りる。そのセリフに、自分の態度があまり褒められたものではないのを理解していたケインが、はっとして彼女を見た。

「レディ・シャーロッ――」

「ケイン様との間に煙は立ちません。何故なら燃えている物など何もありませんので」

扉の向こうで彼女がそう、はっきりと宣言する。悲しいかなそれが事実だ。でも彼女はそれで満足だった。二時間ほどのこの、自分の役目のおかげでケインと同じ馬車に乗れた。それだけで十分だ。

胸を張って魔法道具店に向かうシャーロットに、ケインはずるずると馬車のソファに沈み込んだ。

(確かに俺は彼女と関わり合いになりたくないと思っているが……)

それでもどこか、寝ていた猫のしっぽを踏んづけてしまった時のような気分になる。怪我《けが》の良くなった左腕を見下ろしながら、ケインは一つ深呼吸をすると気分を切り替えて顔を上げた。

昨日、アマンダからシャーロットのデザインが形になったと報告を受けた。その報告書の内容を見ながら、ケインとアンセルは事態を精査した。

誰かがアマンダの元からデザインを盗むように誰かに依頼する。それを実行した人間が、依頼主にデザイン画を渡し、依頼主がそれを形にする。ここに登場人物を当てはめると、宝飾品を作るのはソートンなので、デザインを実際に「盗んだ」人間側に例の女とカムデンが関わっていることになる。

そして彼らを繋ぐのは「金」だ。

ここで売られている魔法道具は良いお値段だと、伯爵令嬢のシャーロットが言っていた。そう簡単に手に入るような代物ではないという。それを貴族の令嬢には見えなかった謎の女が買っている。

窓から外を眺めていたケインは、はっとしてカーテンの陰に隠れた。この一週間、待ち望んでいた相手の登場だ。黒いボンネットに黒のドレスとブーツで身を固めたひょろりとした女性が中に入っていく。あとはシャーロット頼みだと、彼は息を殺すようにして店の入り口を見つめ続けた。

温かな妻を抱いて、一晩中幸せな眠りについていたアンセルが眼を覚ましたのはもうすぐ正午という時間だった。もちろん、手を伸ばした先のシーツは冷たかった。

(寝過ごすとは不覚ッ)

苛立《いらだ》たしげに起き上がり、妻を探してウロウロすれば「奥様はお出かけ中です」と直立不動の執事のバートから言われた。どこに行ったのかと聞けば、間髪入れずに「ご近所の公園にお散歩に行かれました」との返答がきた。そのあまりの速さに嫌な予感がする。うちの使用人連中は、「何かお仕事ないですか?」と超いい笑顔で廊下やら地下の使用人スペースやら厨房《ちゅうぼう》を歩く公爵夫人を骨の髄まで慕っていた。旦那としては複雑な心境だ。

「まさか一人で行かせてはいまいな?」

「ミリィがついております」

ますます嫌な予感しかしない。だがこの一週間、グレイスの単独行動を禁止していたことを思い出し、公園への散歩くらいなら……と心の中の規制を緩めた。公園で爆発事件が起きることもないだろうし。

(いや……グレイスが向かうと三割増しくらいに確率が跳ね上がるから……起きるかもしれない?)

そんなことを考えながら、アンセルはバートに自分も外出する旨を伝える。昨日、ソートン夫人が盗用したデザインのネックレスを新作発表したとアマンダから報告がきたのだ。

公爵夫人《グレイス》がお好きなデザインですよ、とあからさまに訴えるネックレスに、もはや連中が悪びれもせずに堂々と盗用を行っていると宣言していて呆《あき》れ返る。出したもん勝ちという考えなのだろうか。

だが、こちらもただ黙って見ているつもりはない。

午後からの予定は、昨日アマンダからの手紙が来た時点ですべてキャンセルしていた。これから彼が行うのは、この盗用事件の裏にいるであろう、カムデン氏を訪ねることだ。

居場所は既に、依頼を出していた探偵のトリスタン・コークスが掴《つか》んでいる。彼自身、例の令嬢失踪未遂事件の裏にカムデンがいて、更にはレイドリートクリスタルを売りつけている商人ではないかと疑っていたのですぐに探し出すことができた。

その彼が何故、ソートン夫人に近づき、デザインの盗用などさせているのか……。

カムデンのしっぽを掴むべく、相手に威圧感を与える、扉に大きく金色の紋章の入った二頭立て四輪馬車《キャリッジ》を用意する。三十分ほど通りを行き、キングスストリートとグレンストリートの境目辺りに到着したアンセルは、やけに派手な破風がついた玄関ポーチと、緑色に塗られた壁が特徴的な三階建ての四角い建物を見上げた。トップハットとステッキ、きっちりと締められたネクタイという、礼装一歩手前の服装の彼は、ふと、グレイスが外出していた良かったと初めて思った。

屋敷にいたらおそらく自分もついてくるといってきかなかっただろうし、出かけた先の公園が爆発するよりも、この屋敷で事件が起きる方がよっぽど確率的に上だろう。……いや、同等かな。

ふと脳裏を過《よぎ》った妻の様子にふふっと小さく笑いながら、気持ちを切り替えたアンセルは颯爽《さっそう》と玄関ポーチを目指して歩き出した。

「これはこれは……オーデル公爵閣下……このような場所にお出《い》でいただけるとは……夢にも思ってませんでした」

受付で名刺を差し出し、笑顔で主はいるかと尋ねれば、事務員の男性はぽかんと口を開けた後奥にすっ飛んでいった。かけていた丸眼鏡が斜めになるおまけつきだ。こうして応接間に通され、コーヒーを出されるのと同時にこの建物の主がやってきた。

焦げたような香りがするコーヒーを一瞥《いちべつ》しただけのアンセルは、鯱張《しゃちほこば》って立つ男をしげしげと見つめた。後ろに撫《な》でつけた焦げ茶色の髪と、同じような口ひげが鼻の下で切り揃《そろ》えられている。ストライプの入った青の背広を着て、黄色のネクタイを締めている彼は、細面だがお腹《なか》が出っ張っており、ウエストコートの銀ボタンが弾け飛びそうである。総評は、「全体的に胡散臭《うさんくさ》い」だ。

「いやなに、前に声をかけられたのを覚えていたからね」

食えない笑みを浮かべてそう告げると、アンセルの向かいに腰を下ろした彼は、へりくだるような笑顔に探るような眼差《まなざ》しを装備してこちらを見た。

「それでは何か……我々にご依頼をお考えで？」

揉《も》み手をしそうな勢いで告げるカムデンに、アンセルは笑みを深くした。

「実は我が妻が『この世界に存在しないような素敵なティアラが欲しい』と言い出しましてね」

そんなこと言ってません！　という悲鳴が脳内に響き渡るが、アンセルは無視をする。

「ご存じかと思うのですが、彼女は今、アマンダ・ヒューイットが手がけるデザインのものを気に入っているのですが……どうも彼女が用意する『宝石』では満足できないらしくて」

何せ『この世に存在しない』が彼女の望みですから。

にこにこ笑ってそう告げるアンセルは、しかし逐一カムデンの様子を観察していた。きらり……というよりぎらり、と彼の小さな目が光るのを見逃さない。それにアンセルは畳みかけた。

「だがアマンダの伝手《つて》ではどうしても妻が欲しがる『宝石』は手に入らないらしいんですよ」

トリスタンの報告によれば、この男、イライアス・カムデンが手を出しているのは密貿易だという。輸出に制限が掛かっている他国の貴重な品を、税関の目を掻《か》い潜《くぐ》って輸入し売りさばいているそうだ。だが昨今、その取り締まりが強化され、かつ、輸出が禁止される商品も増えてきているという。

その代表がレイドリートクリスタルだ。

うまく隠れてそれらを輸入していたカムデンにとって、規制や取り締まりが強化されれば命取りになる。そこで彼が考えたのが、『大貴族と繋がりを持つ』ことだった。

「とあるすじからあなたはそういう高価な宝石を入手するのが非常にうまいと聞いたのですが……違いますか？」

大貴族……そのカテゴリーに、現国王の甥《おい》であるアンセルが当てはまらないわけがない。そんな自分からの申し出に彼はどう出るのか——と内心ワクワクしながら相手を見やれば、カムデンの顔がみるみるうちに興奮で真っ赤になるのがわかった。

「それはもう、我が社でもっとも得意とするところです」

ずいっと身を乗り出す彼に、アンセルは更に餌を撒《ま》く。

「わたしはね、ミスター・カムデン。妻がわたしのところに嫁いできて本当に良かったと心から思ってもらいたいんだよ。そのためにはなんだってする所存だ。君が我が妻のために尽力を惜しまないと誓うのなら、わたしも君を力の限り応援する次第だが……どうだろうか」

びくり、とカムデンの身体が震えるのがわかった。それは恐怖や尻込みからではないのは、最早金色と言ってもいいくらいの明るさになっている彼の瞳を見れば一目瞭然だった。

(食いついたな)

カムデンが欲しい物。それは他国からの輸入品が検閲を免れる唯一の方法——貴族からの特別手形だ。他国から商品を輸入する時、港や国境沿いの税関で商品の検査をする。その際に検査の免除や、簡単な検査で輸入品を持ち込める特例となるのが、貴族から発行される特別手形を持っていた場合だ。自分達の領地に商品をスムーズに持ち込むために発行されるこの特別手形。貴族の家名が信用となり、それがあると、税関での検査が簡易的なものになる。

この方法では、税関の目を盗んで禁制品を密輸することが可能だが、リスクはそれなりに大きい。禁制品の輸入が発覚すれば爵位、並びに領地をはく奪され、永久追放の身になる。そのため、この特別手形はそう簡単に発行はされない。だが、これを喉から手が出るほど欲している人間がいることも確かだ。そこまでして手に入れたい商品の筆頭がレイドリートクリスタルである。これは輸出規制が厳しく、流通には骨が折れる宝石だ。

その他にも、自国の利益を阻害するようなものや、人体に悪影響を及ぼすもの、生態系を破壊しかねないものなど他国から輸入するものに対して審査の目は厳しい。だがその中には、非常に高価なものや、一部の存在にとっては死ぬほど欲しいものが含まれているのも事実だ。

「それは……我が社がオーデル公爵家のお抱えの貿易商となれるチャンスだということでしょうか」

どうにか冷静さを保って告げられたその台詞。それをじっくりと聞いた振りをしたのち、アンセルはひたとカムデンを見た。青く青く……どこまでも深い、海のようなミッドナイトブルーが胡散臭さ全開のカムデンを貫いた。

「そう捉えてもらって構わない。ただし、今回のこのティアラがきちんと完成したらの話だ」

うぐ、と言葉に詰まり、仰《の》け反るカムデンに、アンセルが更に言葉を重ねた。

「妻は『この世にない物』を所望している。つまり、懇意にしている宝飾店からではなく、新しいデザイナーを探し出し、既製品や流行にとらわれない、新しいものを作り上げてほしい」

「それは……」

狼狽《うろた》えるカムデンに、アンセルは矢継ぎ早に提案する。

「そうだな……新しいデザイナーを七日で探し出し、その作品を見せてもらおうか。ティアラでなくても構わないよ」

「一週間でですか⁉」

ぎょっと目を見張る男を見下ろすように、立ち上がったアンセルが立てかけてあったステッキとトップハットを取り上げる。

「こちらも尽力するのだから、そちらも誠意を見せてもらいたい。なに、あちこちに色々な伝手がある君ならすぐではないのかな？」

七日後。そこを乗り切れば、公爵家の手形が手に入り、更には繋がりを持て、今まで以上に金や商品が入ってくる――。

（と、考えているのだろうな）

これまでは、ソートン夫人を公爵家お抱えの宝飾デザイナーとして仕立て上げ、その彼女を通して特別手形を得ようと考えていたのだろう。オーデル公爵からの貿易手形があれば、禁制品すらも簡単に輸入できる。自分達が公爵のためのジュエリーを製作していると説明すれば、高額な珊瑚《さんご》やダイヤなど自国に輸入し放題なはずだ。

だが今回、そこをすっ飛ばして直接自分のところに話がきた。となると、もうソートン夫人にマージンを渡して頼る必要もないということだ。むしろ、裏を知っている彼女は邪魔な存在になる。

（そしてこの七日後を乗り切るためだけに、この男はアマンダのデザインに手を出してくるだろう）

彼女のデザインをグレイスが好んでいるのは、囮作戦で社交界周知の事実となった。新たにグレイスの好みのデザイナーを探すよりも、またここから盗んだ方が早いと、この男は考えるはずだ。

「無理ならいい。他を当たるだけだ」

冷たく言い放ち、背を向けるアンセルに、カムデンが「お待ちください」と必死な声を上げた。餌に、男が食いついた瞬間だ。

「七日後、ご用意できるよう全力を尽くします」

高揚した頬のままそう告げる男に、振り返ったアンセルは、ご婦人なら卒倒しそうな眩《まぶ》しすぎる笑顔を見せた。

「期待しているよ」

10　グレイスの潜入大作戦

潜入初日は、特に何もなく終わり、夕方帰宅した時には何故《なぜ》か夫も外出していたため、素早く着替えをして彼を待つことができた。そのため、自分の作戦がバレることはなかった。ただ、夕食前に二人でソファに並んで座り、いちゃいちゃしていた際に「不思議な香りがする」と言われてしまったが。

（まさか終日掃除をしていたとは言えないものね……）

お屋敷の探訪をしてました、と苦しい言い訳をしたが、彼女が掃除や洗濯に興味津々なのを知っていたアンセルは何も言わなかった。

そんなことを思い出しながら、本日も早朝からミリィと一緒にアマンダの屋敷に向かう。彼女は有能な社長のようで、執務室に籠《こも》っているか接客しているか、営業に出ているかのどれかで居住スペースに立ち寄ることはあまりなかった。ミリィはその優秀さが直《す》ぐに認められて、ホワイト夫人の助手としてきびきび立ち働いている。秘書の助手、という立場からアマンダとも顔を合わせることが多いため、初回だけでたくさんの情報を入手したそうだ。

それから回を重ねるごとに、グレイスも居住区の方で活躍する使用人や、来訪者、出入りの業者を把握できるようになっていた。だがグレイスの場合、アンセルの目を掻《か》い潜《くぐ》っての潜入作戦なので、どうしても「意図的に行かない日」を作らねばならない。毎日毎日公園やらマーケットやらに出かけてます、というわけにもいかないのだ。

（それでもアマンダさんの屋敷の使用人さんにやってくる出入りの業者、郵便の配達員、煙突掃除人やプライベートの訪問者——まあ主にご婦人なんだけど——だいぶ把握できるようになってきたわ）

本日もうきうきとバケツを手に歩きながら、グレイスは並ぶ沢山の部屋を前に考える。

（今日は応接室とリビングのカーテンを外して洗いましょうか……それから燭台《しょくだい》磨きを申し出て……）

公爵家でもグレイスは、一応は家事全般の指揮を執っている。だが、何かしようとする度に「それはわたくし達の仕事です」とすっ飛んでくるメイド達に仕事を奪われるのが常だ。

そのことを家政婦に訴えると、ふっくらした体型の優しい笑顔が似合う五十代の婦人は「グレイス様のお気持ちはわかりますが、彼ら、彼女らは自分の仕事に誇りを持っております。その仕事を取り上げご自分で行うというのは、彼らのプライドを傷つけることになりますので」とやんわり窘《たしな》められた。そのため、もっぱらグレイスは公爵家ではやることがなくてぶらぶらする方が多かった。

そんな経緯もあって、長らく遠のいていた掃除やら洗濯やらができるのが楽しくて仕方なかった。自分が手をかけた所が綺麗《きれい》になるのは見ていて楽しいし。

自らがぴかぴかに磨き上げた窓をほれぼれと見つめ、任務任務、と異常がないか窓の下を確認する。

その瞬間、塀と建物の隙間を歩く人影を見つけて目を見張った。

咄嗟《とっさ》に柱の陰に隠れ、そっと窓外を見下ろす。裏庭とも呼べない細く狭い場所を、一人の女性が歩いている。こんな所を歩く人がいるのが珍しく、グレイスは目を見張った。彼女はどこかを目指しているようで、その迷いのない足取りから屋敷に馴染《なじ》んでいるのがわかった。

だがこの四日間で見た覚えがない。

「んんんん？」

自分の記憶ファイルをめくりながら、グレイスは彼女を観察した。顔は見えないが頭頂部で結い上げたくすんだ金髪に、裾の長い水色に白のストライプが入ったドレスを着ている。普通の女性のようだが何故か違和感を覚えて、グレイスは首を捻《ひね》った。何かが記憶の蓋を刺激する。

そんな風に迷っている間にも彼女は裏庭を抜けてどこかに行こうとしている。後を追うべきか、それとも執務室にいるであろうミリィに何者か確認した方がいいか。もしくは当事者であるアマンダに報告するべきか。

三秒ほど悩んだのち、グレイスは全ての案を却下した。このままでは彼女がどこかへ行ってしまう。それを報告したところでどうにもならない。自分が走っていって追いかけてもいいが、いかんせん距離があるため見失う危険性がある。ということは、今ここでできるのは。

猪突猛進《ちょとつもうしん》、考えるより行動するタイプのグレイスは、三秒悩んだ自分を褒めながら行動に出た。だっと走り出し、彼女との距離を測りながら一番近くにある窓に飛びついた。大急ぎで掛け金を外し、勢いよく外側に押し開き、そして。

「そこのあなた！　この屋敷になんの御用ですか？」

二階から声をかけたのである。

遠目にもわかるほど彼女の身体《からだ》が強張《こわば》り、振り返って見上げる顔色が悪い。黒い縁の眼鏡をかけていて、そのレンズが真っ白に反射して目の表情は読めなかった。全身で「見られたくなかった」を表現する女に、グレイスはやっぱりどこか見覚えがあることに気付いた。つい最近、会った気がする。

「当家の屋敷の裏庭で何をなさっておいでですか？」

重ねて追及すると、しどろもどろといった感じで彼女が腕を振った。

「すみません……この辺りに大切なものを落としてしまって……それを探しに来たのです」

緊張感の混じる掠《かす》れた声音で、彼女が精一杯叫ぶ。それにグレイスは一つ頷《うなず》くと笑顔を見せた。

「それは大変ですね。お手伝いに伺います」

「いえ、本当に大丈夫です、お優しいお嬢様。もう見つかりましたので」

早口に答え、スカートのポケットから何かを取り出してこちらに振ってみせた。グレイスの位置からはそれが何かは見えなかったが、彼女が探し物をしているような様子は、見ていた限り確認できていない。そいうことは、ここからは見えない位置で何かを拾って、急いで戻るつもりだったのか。

（……だとしても、そもそもこんな手入れもされてない裏庭に人が来ることなんかある？）

眉間に一本皺《しわ》を寄せて考え込んでいると、彼女が再び歩き始めるので、グレイスは大急ぎで建物の裏口へと向かった。一つ飛ばしで階段を駆け下り、使用人用通路を厨房《ちゅうぼう》にある出入り口に向かう。驚く料理番を横目に扉から外へと飛び出すも、そこにはもう人影はなかった。

「……どうかされましたか？」

ぜーぜーと肩で息をするグレイスに、厨房係の女性がおずおずと声をかけた。それに、くるっと振り返ったグレイスが「すみませんが」と勢い込んで顔を寄せた。

「今裏庭を歩いていた、水色のドレスの方……どなたかわかりますか？」

その質問に女性は数度目を瞬《しばたた》くと「ああ」と頷いた。

「それは多分ブレイクさんですね。最近は体調不良でお休みしてたんですけど、戻ってきたのね」

「何者ですか？」

きっと眉を寄せ、鬼気迫る表情で尋ねるグレイスに圧倒されつつ、彼女は丁寧に教えてくれた。

「えと……奥様の工房で働いてる方です」

「工房で……」

「はい。お掃除とか帳簿付けとかお昼ご飯を作ったりとか……そういうのを頼まれている事務方さんです。普段は工房にお勤めなのであまり屋敷にはいらっしゃいませんけど」

なんと、盲点だった。工房の人間に関してはアマンダが全面的に責任をもって管理しているし、怪しい人はいないという判断だったはずだ。

「いつからいらっしゃるんですか？」

重ねて尋ねると、彼女はうーんと天井を見上げて、何かを指折り数えた後にっこりと微笑《ほほえ》んだ。

「こちらにお店を構えた際に雇われた方だったかな。ブレイクさんのご親戚の方の推薦だとか」

「そうなんですか……」

推薦。アマンダが誰かの推薦で紹介された人をきちんと調べもせずに雇うとは思えない。おそらくは身元がしっかりした人なのだろう。だがなんとなく……裏庭を一人で歩いていたというのがグレイス的には気になった。

なんでもない、本当に落とし物をしただけなのかもしれない。でも、もしかしたら事件に関係のある人なのかもしれない。

「――まずは現場を歩いてみて考えよう」

「え？」

「ありがとうございました」

驚く女性ににっこり笑って返し、グレイスは彼女が歩いていた裏庭に向かった。何もなければそれでいい。でも、もしかしたら何か……不自然な点があるかもしれない。目を皿のようにして膝まである草むらをあちこち点検しながら歩いていく。疎《まば》らに木が植わっているため、時折根に躓《つまず》きそうになりながらも、グレイスは日向《ひなた》と木陰をジグザグに歩いていった。

そして。

「……ん？」

屋敷を取り囲む石造りの塀。その一か所、大きな木の陰に隠れた部分で、組まれた石の一つがわずかに斜めに押し込まれているのに気が付いた。そっと近寄って押すと、ぽこりぽこりと二つほど石が取れ、穴の向こうに隣の屋敷の塀と、細い路地が見えた。

唐突に現れた抜け穴。そこににじり寄ったグレイスは身体を突っ込んでみる。するりと反対側に通り抜け、路地に降り立ったその瞬間、彼女はにんまりと笑った。

なるほど、これが不届き者の通り道か。

と、不意に何かが目の端で光り、グレイスは細い路地の片隅に腰を落とした。

そこにあったのは、金色の小さなロケットペンダントだった。

ケイン達が魔法道具店で謎の女を見かけてから四日。彼女を観察していたシャーロットが言うには、女が買ったのはどうやら店にはない物で、店主が奥から出してきたのだという。更に、壁の花全員が取得しているとグレイスが言っていた、周囲と同化するような気配の消し方でターゲットに接近したシャーロットが見たものは。

「インク？」

「ああ。親指、人差し指、中指とインクがついていたそうだ」

アンセルとケインは現在、公爵家のものではない、街を流して走る辻《つじ》馬車に乗っていた。そんな乗り心地がイマイチだが、やたらと軽快に走る一頭立て二輪馬車《カブリオレ》を選んだのには訳がある。彼らは例の女が住んでいるとおぼしきアパートに向かっていた。

彼女を見かけたその日に、シャーロットを回収したケインは後をつけた。女が向かったのは、そこから更に十五分ほど歩いた場所にある、集合住宅地の一つだった。その日は話しかけることなく、そのまま帰って、後日こうして訪れているのだが、割と下町に近いような場所に高級な馬車で乗りつけるのは悪目立ちが過ぎるだろう。

「紙とペンを日常的に使う仕事ということか」

ふむ、と腕を組んで考え込むアンセルの隣でケインが溜息《ためいき》を吐《つ》く。

「掌《てのひら》の横には数字がうつっていたっていうから、事務員か何かかな」

「アマンダの周りにいる事務方は？」

「彼女が雇っている秘書のホワイト夫人だが……彼女は例の女のようにやせぎすではないから違うかな。あとは工房の事務方だが、彼女は体調を崩して休養中だそうだよ」

「ふうん……」

ではやはり、考えにくいが外からの侵入者だろうか。

二人揃《そろ》って考え込んでいると、やがて辻馬車が目的地に到着する。ここで待っていてくれるよう、馬車後方の、高い位置に座る御者に硬貨を握らせ、アンセルとケインは長方形の建物を見上げた。

一つの建物に三家族が住んでいるそのアパートと、全く同じものがいくつも立ち並んでいる。中流階級の住まいである集合住宅地は、午前中の光の下ではひっそりとしていた。住人のほとんどが仕事に出ているのだろう。どこからかオルガンの音が風に乗って響いてきて、子供達を預けているのかと考える。

一階に大家が住んでいるはずだと、二人は玄関前の短い階段を上ると薄い扉を叩《たた》いた。

――応答はない。

「……大家もいないのか？　ここは」

来客者や郵便が来たらどうするのだろうか。そんなことを考えながら試しにドアに手をかけるとあっさりと開き、二人は顔を見合わせる。中からひんやりとした空気が漏れ、足音を殺してそっと忍び込むと、大人が五人も集まればぎゅう詰めになりそうなエントランスの先に、急な階段がしつらえられていた。

「あの女はどの部屋の住人だ？」

一階に一部屋あるだけの小さな建物だ。ここに来た時を思い出し、ケインは一階と三階の窓に灯《あか》りがついていたのを思い出した。

「おそらく二階だ」

もし誰かに出会ったら正直に訪問者だと告げよう。だが、全く人の気配がしないそこには誰もいない可能性の方が高い。成人男性二人を乗せて軋《きし》む、つづらに折れた階段を二階まで上がり、一階のエントランスよりも更に狭い通路に二人で立つ。目の前には古ぼけた扉が一つ。

深呼吸をし、ケインがおもむろにノックをした。

返事はなし。

「……で、どうする？」

ちらっと横目で兄を見れば、彼は思案するように顎を撫《な》でた後。

「開けよう」

「はあ⁉」

すとん、と腰を落としたアンセルは膝をつくと、真鍮《しんちゅう》のドアノブの横、鍵穴を覗き込んだ。

「ち、ちょっと兄さん⁉」

「もし例の女の部屋ではなかった場合は、後できちんと非礼を詫《わ》びよう。だが今、ここまで来て家主を待つのも馬鹿らしいし、それより、あの女が何を隠しているのか知りたい」

「けど、不法侵入」

「気にするな」

「気にするよ！」

だが、アンセルは何故か持ってたグレイスのヘアピンを真っ直ぐに伸ばすと鍵穴に突っ込んでいる。さすが安普請《やすぶしん》の建物だ。素人が奥のばねを引き上げるだけで簡単に鍵が外れた。ゆっくりと立ち上がり、アンセルがドアノブに手をかける。そうっと引き開け、ぽっかりと口を開けた闇の中に、二人は身体を押し込んだ。


疑問を疑問のまま置いてはおけない。妄想と想像が生んだ勘違いのせいで、大騒動を巻き起こした。だから、グレイスとしては憶測でものを考えたくなかった。とにかく証拠が必要だとそう思う。

ミス・ブレイクは事務方だと言っていた。なら工房の方に向かえばまた会えるかもしれない。グレイスの手の中には、彼女が落としたとおぼしき金色のロケットペンダントが握られていた。おそらく、彼女の言う落とし物とはこれだろう。だがあの時、彼女は「落とし物は見つかった」と言っていた。何故そんな嘘《うそ》を吐いたのか。

興味を惹《ひ》かれてペンダントの中を確認したグレイスは、そこに一人の男性の肖像画が収まっているのを見て目を見開いた。にっこりと笑うその姿はたいそうなイケメンだった。

これが本当に彼女の物なのか。それを確認するために足早に屋敷内を突っ切り、店と母屋とその向こうにある工房を目指す。

と、不意に居住スペースの正面玄関が騒がしくなり、使用人が走っていくのが見えた。その慌ただしい様子に、グレイスは先にそちらを確認することにした。誰か来たのなら、それをチェックするのがグレイスの最優先事項だし。

(ふふっ……ある時は公爵夫人、ある時はハウスメイド。しかしてその実態は闇で蠢《うごめ》く悪党を、ばったばったとなぎ倒す正義の味方！

なんて心の中で謳《うた》い文句を考える、実際公爵夫人以外の肩書などないはずのグレイスが、うきうきした気持ちのまま他の使用人に紛れてこっそりと玄関に立った。アマンダが歩み出て扉が開き、出迎えた相手を確認して——一瞬で下を向いた。

(んなっ⁉)

「すまないな、アマンダ」

「いや、急ぎだと聞いたからな」

訪問者がかぶっていたトップハットを執事に手渡し、眉間に皺を刻んだまま深刻そうに続ける。

「我々はそもそも間違った認識をもっていたのかもしれない、と気付いてな」

「ほう」

苦しそうに告げて、訪問者が髪を掻き上げ……。

「まず君に確認した方がいいかと」

(ひいいいいいやあああああああ)

俯《うつむ》くグレイスは心の中で悲鳴を上げた。来るんじゃなかった、来るんじゃなかった、来るんじゃなかったあああああ！

（なんでアンセル様がこちらに⁉）

「……ところで、グレイスは来てないよな？」

（ぎゃあああああああ）

「ああ。……なんだ、心配なのか？」

「ああ。一週間以上、彼女の行動を制限したからね。反動で何かしでかさないかと警戒してるんだが」

いないならよかった。

それから何やら話しながら歩いていく二人を人垣に紛れて観察しながら、グレイスは緊急事態に対応すべく死に物狂いで脱出案を計算し始めた。まさかこんな使用人の格好でアマンダの屋敷をウロウロしているところを発見されでもしたら……そりゃあもう恐ろしいお仕置きをされるに決まっている。

（ええっとええっと……）

二人の姿が奥に消えると、集まっていた使用人達が再び持ち場に戻り始める。……って、そういえば、事務所にはミリィがいなかったっけ……？

ミリィは絶対にグレイスを裏切らない。だから、万が一アンセルに発見されてもグレイスがここにいることは口が裂けても言わないだろう。だが、これだけ主《あるじ》に忠実なミリィが一人でアマンダの屋敷にいるとアンセルが考えるはずがない。何せミリィはここ最近、グレイスと一緒に行動していることになっていたのだ。……と、いうことはつまり。

（時間の問題だわ）

ここは一つ、腹痛を訴えて一人で脱出することにしよう。ロケットペンダントの確認は後回しだ。それにミリィが「ここに奥様はいません」と言うのならいないに越したことはない。善は急げ。

「ああ～……なんか……急にお腹《なか》がぁ～」

聞いている人がいるのかいないのか、謎の独り言を言いながら、お腹を押さえて一人、使用人用通路によろめくようにして消えようとする……まさにその瞬間、閉じたばかりの事務所の扉がばんっ、と壁に叩きつけられるようにして開き、数十秒前に中に入っていったアンセルが血相を変えて飛び出してくるのが視界の端に映った。

（ひいいいいいえええええええ）

素早く柱の陰にある扉から通路に飛び込む。その扉が閉まる間際に「グレエエエエエエイイスウウウウ」という身の毛もよだつような叫びを聞いたが、無視だ、無視。

後から「いらっしゃいません」と「独断です」という強気なミリィの声を聞いた気がするが、その心意気に報いるためにも早急に脱出する必要がある。

脱兎《だっと》のごとく通路を駆け出し、どうにか使用人用の出入り口まで急ぐ。途中すれ違うメイド達が驚いたように目を見開いていたが、「ごきげんよう」と意味のわからない挨拶を口走りながら出口を目指した。アンセルがどう動くかは、ミリィにかかっている。彼女の奥様はいません宣言を彼は信じるだろうか。

（信じないよなぁ……）

ではグレイスがメイドの格好をしていると思うだろうか。

(アマンダさんが何か言いそうだよなぁ……)

ミリィの存在がアンセルにバレた時に、アマンダはおそらく「え？　じゃあもう一人のレイスは？」とか言いそうだ。

(もっと違う名前にしておけばよかった……ガブリエラとか)

レイスだと……時間稼ぎができそうな名前ではない。安易だったかと後悔しながら角を曲がり、再び扉を抜けて厨房の前に出た。

「失礼します」

アフタヌーンティのための焼き菓子を作る面々を尻目に、グレイスは早足で厨房脇にある扉から中庭に出た。飛び石状に置かれている石畳を真っ直ぐ行けば、裏門から外に出られる。両手で思いっきりスカートの裾を持ち上げたグレイスは、そのままトップスピードで走り出した。

近年稀《まれ》に見る全力疾走だ。あっという間に息が切れ、足がもたついた辺りで門が見えてくる。あそこを乗り越えればひとまず安心だ、とやや走る速度を落としたところで不意に横から飛び出してきた人物にぶつかって転びそうになった。

「!?」

「え？　あ……」

おっとっと、と三歩ほど足を踏み出してバランスを取ったグレイスが、誰にぶつかったのかと顔を上げれば、そこには。

「ミス・ブレイク!?」

唐突に現れたメイドに名前を言い当てられて、彼女が驚いたように目を見開いた。

「え？　あの……」

驚き、一歩後退《あとずさ》る女を前に、グレイスは一体彼女はこんな所で何をしているのかと目を見張る。というか、どこかからの帰りなのか、それとも抜け穴を通って出ていくところなのか……そんな風にぐるぐる考え込んでいると。

「一体どうした」

塀との間に植えられていた木の陰から一人の男が姿を現した。

男はシルクハットをかぶり、ステッキを持ち、冷たい目と酷薄な唇の持ち主だった。五十代半ばというところだろうか。趣味の悪い緑色の上下に、赤いネクタイを締めている。顔色がすこぶる悪く、眉間に皺《しわ》が寄っていた。お腹《なか》が出ている体型だが、滲《にじ》む雰囲気には高圧的なものがあった。じろり、と冷たい眼差《まなざ》しで睨《にら》まれて、グレイスはお腹の奥に力を込めた。

この人こそ、あの時ガレージにいたカムデンだ。間違いない。

「我が屋敷になんの御用でしょうか。しかも裏門から」

瞬時に状況を飲み込み、グレイスがぐいっと顎を上げてそう告げれば、たかがメイドごときに何か言われるとは思っていなかった男が一瞬鼻白んだ。だが、すぐにゴミでも見るような眼差しを彼女に注ぐ。

「お前には関係ない」

「もしかして、ミセス・ブレイクのお知り合いですか？」

素っ気なく告げる男を無視し、グレイスは青ざめた女に尋ねる。

返答はなく、眼鏡の奥で視線を泳がせ、狼狽《うろた》えた様子の彼女に、グレイスはやはり何かを感じた。

それは小さな違和感で……そしてやっぱり、なんとなく彼女を知っているような感じ。

「とにかく、わたしはこれで失礼する」

オカシナメイドの登場もあって、早々にここを立ち去るべきだと踏んだカムデンが、さっさと歩き去ろうとする。それに、はっとミス・ブレイクが顔を上げた。

「待ってください！　お話はまだ終わってません！」

悲鳴のような声に、男がゆっくりと振り返ると口の端だけを上げ、いやらしく笑った。

「なんだ？　君は彼女の要求にはついていけないと零《こぼ》していたではないか。だから今度からはわたし自身が君の利益を守ろうと言っているのだ」

「でも……」

「君はあれが欲しいのだろう？　あれがないと幸せに暮らせない。ならば従いたまえ」

にやにやしながらそう告げて、男が再びミス・ブレイクに背中を見せる。今の会話から、カムデンが彼女をいいように扱っているのだと気付いたグレイスは、もしかしたら彼女が今回の事件の要だと当たりをつけた。

「この男は何者なのですか⁉」

去っていく人物にわざと聞こえるよう声を張り上げる。三度足を止めて振り返るカムデンに、グレイスはこれ見よがしに指を突き付けた。

「彼は、何者ですか？　脅されてるの？」

小声で付け足されたそのセリフに、ミス・ブレイクの顔色が変わった。やっぱりそうなのか、と彼女に向かって身を乗り出したところで、大股で戻ってきた男がグレイスの腕を掴《つか》んで捻《ひね》った。

「っ」

ぎり、強い力で掴まれ身体《からだ》が知らず男の方に向く。彼はぎらぎらした眼差しをグレイスに注ぎ、歯を食いしばったまま声を出した。

「お前には、関係ないと言っている」

「申し訳ないけど、サー。私はあなたではなくて彼女に話を」

「黙れ」

そのまま突き飛ばされて、グレイスは尻餅をついた。その痛みと、無礼な仕打ちに怒りが込み上げ、はらわたが震える。奥歯をかみしめて男を見上げれば、彼は歯を剥《む》きそうな勢いでミセス・ブレイクに突っかかっていた。

「面倒事はごめんだと知っているだろッ」

「申し訳ありません、サー。ですが……」

そこでふと、グレイスの目が大きくなる。魔法道具屋での一瞬の遭遇。その時に見た、やや青ざめたあの表情。それが眼鏡の奥の狼狽えたような眼差しにぴったりと重なった。

あ、とグレイスが息を呑《の》む。明るい服装のせいで気付かなかったがもしかして……。

「この女は何か知っているのか？」

男がひそっと呟《つぶや》き、冷たい眼差しをグレイスに落とす。

「だとしたら、手を打たねばならないぞ」

「いいえ！　彼女は全く関係ありません！」

そうだ、全く関係ない。このブレイクという女は、先程裏庭を歩いているところをグレイスが目撃しただけの関係だ。だが、彼女が例の謎の女だったらどうだろう？

魔法道具店で遭遇し、ガレージでケインを斬りつけた謎の女。それがこの女性だとしたら……？

グレイスは確信した。そうか。アマンダの所からデザインを盗んで売っていたのは彼女だ。

「お前……わかっているだろうな？　わたしを裏切ることは――」

「そうね。あなたを裏切って、あなたこそがデザイン盗用をそそのかした犯人だと世間に宣言されたらたまりませんものね」

とにかく相手を怒らせ、しっぽを掴もうとグレイスは鎌をかけた。案の定、ぞっとするほど冷たく、だがぎらぎらしているのに暗い光を湛《たた》えた眼差しを向けられ、彼女は心の中でガッツポーズをとった。

「お前」

「あなたがミセス・ブレイクを使って、アマンダさんのデザインを盗んでいたのね」

はっきりきっぱりそう告げる。途端、男から立ち上っていた苛立《いらだ》ちに近い怒りがすうっと消えた。

代わりに酷《ひど》く、事務的な空気がその場に漂う。

「――ほう……何故《なぜ》そう思う」

脚を踏みかえ、片足に体重を載せるような格好で立つ男に、グレイスは大地を引っ掻《か》くようにして手を握り締め、ゆっくりと立ち上がった。

「自分の所のデザインが、別の場所で劣化された状態で使われていたら、誰だって不快に思うでしょう。そしてそれがどこから漏れているのか、探す必要も出てくる」

二人の様子を見比べて、グレイスは一つ頷《うなず》いた。

「ミス・ブレイクは工房の事務方です。当然、デザイン画に触れる機会も多い。彼女がどうしてアマンダさんを裏切ったのかは知りませんが、見るからに怪しい男性と密会していると知ったら、疑うのは当然でしょう？」

胸を張るグレイスに、しかし男は興味なさそうな口調で続けた。

「証拠はあるのかな？」

「……証拠？」

「そうだ。わたしとこの女が悪事を働いているという証拠だ」

ない。

うぐっと言葉に詰まるグレイスを見ながら、男はその事務的で感情のない態度のまま鼻を鳴らした。

「とんでもない誤解だな。わたしと彼女は親戚同士でね、懐かしい話をしていただけだ。そこにきて唐突にこの言いがかりとは……恐れ入る」

のらくらと告げられた、厚顔無恥すぎるセリフに、うう、と思わずグレイスの唇から呻《うめ》き声が漏れた。確かに、そう言われてしまえばそれまでだ。だがなんとか口を滑らせないかと、怒らせるような言葉を探す。だが、男はどこまでも冷徹な態度を崩そうとしない。

「あなたはこの女を今直《す》ぐ解雇するよう、上司に言うべきだ」

再び彼女達に背を向けて、男が歩き去ろうとする。その背中に、グレイスはどれかがヒットすればいいと願いながら声を荒らげた。

「いいえ、証拠ならここにありますわ！　あなたが、ミスに何を渡していたのかも知ってますし、それを私がしっかりと押さえてますから！」

取引と言えば、何かを渡して何かを得る。それがセオリーだ。となると、デザイン画を相手に渡す見返りに、何かを貰《もら》っていると考えるのが妥当だ。例えば金銭とか。なので当てずっぽうで叫んでみたのだが、ゆっくりと男が振り返り、再びあのぎらぎらした眼差しを向けてきたのを見てグレイスは心の中で快哉《かいさい》を叫んだ。当たり。この男は何かを夫人に渡している。

「……なんだと？」

「知ってるんです。彼女はそれを――」

スカートのポケットに突っ込んでいたロケットペンダントを取り出し、意味深に掲げてみせた。

「ここに入れて持ち歩いてますから」

「何ッ!?」

「それは……一体どこで!?」

唐突に悲鳴のような声がミス・ブレイクから漏れ。その様子にグレイスは微《かす》かに目を見張った。

こっちが先に堕《お》ちるとは思っていなかった。そんなグレイスの心中知らず、彼女は声を荒らげた。

「もう駄目です、サー・カムデン！　あれを知られているのならおしまいです！」

急に甲高くなった彼女の声に、グレイスは自分に探偵の才能があるのではないかと、この状況でひそかに喜んだ。今度トリスタンに話を聞いてもらおう。だがそんなグレイスの浮かれた気分は、続いたミス・ブレイクの台詞で急降下した。

「そのメイドは公爵家から遣わされてきたと聞いてます！　この取引を知られているのだとしたら生かしてはおけません！」

静かな裏庭に、その物騒な単語が朗々と響いた。

「――なんだと……」

こちらを見る瞳に更にもう一段、凶悪な色が過《よぎ》った。

（あ……やば）

その瞬間、グレイスの脳内に警鐘が鳴り響いた。がんがんがんがん、とありったけの力で鳴り響き、早急なる退避を命じる。じり、と後退り、グレイスは引けそうになる腰に力を入れた。獰猛《どうもう》な猛獣に出会った場合、そっと後退りして、ゆっくり逃げるのがマストだ。唐突に走り出せば、本能的に追いかけられる。だがその前にやらなければならないことがあった。

「さすが、使用人の方はよくご存じですね。ええ、確かに公爵様はアマンダ様の所からデザインが盗用されているのをご存じです。ミス・ソートンがそうしていることもね。そしてサー・カムデン、あなたがその手引きをしている……それがあなたのメリットになるから」

挑発するように告げると、男は微かに目を見張った。そして数秒後、喉を反らして哄笑《こうしょう》した。人を馬鹿にしたような、蔑むような、嫌な笑い方だ。

「そうだ、その通りだよ。ソートンを選んだのは公爵に近づくために都合のいい仕事をしていたからだ。わたしが持つ販路を使えば他国への進出も夢じゃないとそう言えば、簡単に乗ってきた」

言いながらじりじりとグレイスとの距離を縮めていく。

「あの女にもう少し才能があれば、盗用などしなくても済んだのになぁ。だがそうだな、デザイン盗用はまあ、わたしがそそのかしたといってもいいだろう。馬鹿な女だよ、行き詰まっているとはいえ考えもせずにわたしが持ってきたデザインをなんの疑問も抱かずに使ったのだからな」

「——デザイン画を盗んだのはミス・ブレイク？」

「そうだ。相手にアマンダを選んだのは少し軽率だったが、彼女にはわたしに手を貸すことで得られる利益があったからね」

……利益？

振り返れば、彼女は無言でグレイスが持つロケットペンダントを凝視している。

「そう……私にはそれが必要だ……誰よりも何よりも」

血走った目でぎろりとこちらを見つめる彼女に、グレイスは眉間に皺を寄せた。一体彼女は何を欲しているのだろう。

そんなグレイスの疑問など関係なしに、カムデンが暴露を続ける。

「最大の誤算は、アマンダが公爵の元恋人で、未《いま》だに昵懇《じっこん》の仲だったことだ。まさか元恋人に自分の妻のジュエリーを依頼するとは思わなかったが……まあ二人が親密ならそれも仕方ないな。あの美貌の恋人とひょろりと痩せて凹凸のない妻ではそうなるのも時間の問題だ」

絶対に牢屋《ろうや》にぶち込んでやる。

唐突に己を貶《おとし》められて、グレイスがガチギレしそうになった。

「お……奥様を悪く言うなッ」

一応自己弁護をしておく。だが男はふん、と冷たく笑って肩を竦《すく》めるだけだ。

「ま、公爵も男だったということだな。よりを戻すためか知らないが、アマンダとコンタクトを取り始めた時は焦ったよ。ソートンに公爵が頼み事をする機会はなくなるだろうからな。そうなるとわたしが欲しいものはソートンの手からは入らなくなる」

青ざめて唇を噛み締めるブレイクの腕を、男は容赦なく掴んだ。

「だが全ては変わった。ソートンもアマンダも関係ない！　わたしの誇らしい業績を君の主《あるじ》の公爵様が気に入ってくれたからね。わたしが持ち込んだデザインを彼の浮かれた妻が気に入りさえすれば、お抱えの宝石商として取引してくれるという！　そうなれば様々なものがわたしの手に落ちてくる！そうだろ、ブレイク。そのためにもわたしに手を貸し、やつらのデザインをほんの少し拝借し続ければいいだけだ」

そう言って嗤《わら》う男に、グレイスは目の前が真っ赤になる気がした。

この男にとって、二人がどうなろうと知ったことではないのだ。より旨味《うまみ》がある方へ擦り寄るのが得策だと思っている。確かに公爵家の依頼を逃がしたくなくて、他人が生み出したものに手を出したソートンにも悪いところがある。絶対に越えてはいけない一線だ。だがそれをそのかしたコイツに何も罪がないというのもオカシナ話である。というか、こいつがそこまでして公爵家に取り入り、手に入れたいものとは何なのか。そして主を裏切ってまでミス・ブレイクが欲した物とは何なのか。

——というか、浮かれた妻とはどういうことだ！

奥歯を痛いほどかみしめながら、それでもグレイスは引き出せるだけ情報を引き出そうと振り絞るように尋ねた。

「彼女達になんの肩入れもないというのなら、何故ミス・ソートンを選んだの？　公爵家に取り入りたいと思ったのなら他にいくらだって方法があったじゃない」

睨み付けてそう言えば、男はつまらなそうな顔でふんと鼻を鳴らした。

「公爵の妻は奇人変人だそうだからな。女がやってるというだけで依頼をしそうだと踏んだんだよ」

絶ッッッ対に××××てやる。

「…………へえ」

「そういえばお前も公爵家の使用人だったたな。知ってるだろう？　東洋かぶれの嫁《い》き遅れで、なんでも自分のところの借金返済のためにどうにかして公爵に取り入った、特に美人でもない寸胴鍋体型の女だ」

品のない笑い声が上がる。

「男なら誰だってアマンダのようなグラマラスな恋人のところでよろしくやりたいと思うだろうさ。ということはまあ、よりを戻そうと考えている公爵は真っ当な男だったということだ」

更に馬鹿にする笑いが続き、グレイスは全身に力を込めた。よく我慢した方だとそう思う。欲しい情報は手に入れた。後は、「囮《おとり》」として最後の仕上げをするだけだ。

「ようするにあんたは、人の利益にすり寄り、寄生して旨味を吸い取る、自分では全く商才がない、下衆《げす》野郎ってことね」

「――――なんだと？」

ひきっと男の片頬が引きつる。怒りに任せて一歩前に踏み出す男をグレイスは冷静に観察した。

「お前みたいな下層の人間がこの俺に知ったような口をきくな」

そろそろ潮時だ。牙を剥く獣を牢屋にぶち込む良い機会。

「あんただって上流の人間には見えないですけど。下劣で下衆で下郎よ」

「どういう意味だ」

もう一歩、男が近づいた。ぎらぎらした眼差しが、今にも零れ落ちそうなほど見開かれている。その血走ったまんまる目玉に向かって。

「単語の意味くらい自分で調べろっ！」

グレイスはずっと握り締めていた砂、砂利、土をぶちまけた。

12　メイドで秘密で恋人で

ぎゃああ、と情けない悲鳴が上がる。それをスタートの合図にしてグレイスは脱兎《だっと》のごとく駆け出した。もと来た道を一気に駆け戻る。見えてきた厨房《ちゅうぼう》の扉から中に飛び込もうとして、タイミング悪くドアが閉まるのが見えた。グレイスは舌打ちした。目つぶしにたいした効果はない。一瞬の隙を作っただけだ。案の定、大急ぎでドアノブを掴《つか》んで引っ張った瞬間、猛烈に怒った男に腕を掴まれた。

「この女ッ」

それでもグレイスは、空いている片手でドアを掴んで引き開け、「奥様を呼んでください」と中で働く人間に大声で叫んだ。

「レイスさん!?」

振り向いた料理人がぎょっとしたように目を見張った。腕を掴まれ髪を乱すグレイスと、ぼろぼろ涙を零《こぼ》し、歪《ゆが》んだ顔を激怒で真っ赤にさせた身なりの良い男性を交互に見遣《や》る。

「コイツは盗人だ」

ぐいっと腕を押されてキッチンに押し込まれる。男の後ろからは青ざめ、俯《うつむ》くミス・ブレイクも入ってきた。

「ここの主《あるじ》を呼んでいただきたい。わたしはこいつに財布を掏《す》られそうになったのでね」

この男、そっち方面に切り替えたのか。

だが、ここまでくればメイド・グレイスの役目は十分に果たされた。囮《おとり》として立派に勤め上げたといっても過言ではない。あとは後ろに控える釣り人を呼べばいいだけの話だ。

「私は何もしてません。むしろこちらの方が主に仇《あだ》なす存在です」

「黙れ。……申し訳ないが、通らせてもらうよ。そしてこの屋敷の主と面会させてくれ」

グレイスを押しながら堂々と歩く男の後ろから、青ざめたミス・ブレイクが前に出た。

「今、呼んでまいります」

よろけるようにその場から立ち去る彼女は、一応グレイスが公爵家のメイドであることを知っていた。だがその正体は知らない。だからきっとグレイスの素行が悪いことを進言するのだろう。自分の保身のために。メイドという立場のグレイスの言い分は聞いてはもらえない。そのまま解雇されて終わりということだ。ぐいっと掴んだ腕を引っ張られて、男がずかずかと大股で厨房を横切っていく。

「当家のメイドに何を盗まれたのですかな？」

工房の事務員から話を聞いた執事が、おろおろした様子で現れる。グレイスを引きずるようにして廊下を歩く男は、エントランスに出た瞬間ふんっと鼻を鳴らした。

「わたしの財布だよ。こちらのお屋敷に仕事の依頼にきたのだが、道に迷ってね。裏口で使用人に取り次ぎを頼んでいたところ、この女がぶつかってきたんだ」

「全くの濡《ぬ》れ衣《ぎぬ》です！」

「こちらには被害者のわたしと、目撃者の女性がいる。耳を貸すな」

「一体何が起きている」

大急ぎでやってきたと思われるアマンダに、さすがに正面から顔を晒《さら》す勇気がなくてグレイスは急いで顔を伏せた。

「お忙しいところお邪魔しますよ」

男がグレイスの腕を掴んだまま胸を張った。唐突なカムデンの登場に、アマンダの身体《からだ》が微《かす》かに緊張する。そりゃそうだろう。この男がデザイン盗用に関わっていると警戒していたところなのだ。その彼がどうして、というところだろう。

怪訝《けげん》そうにこちらを見つめ、おそらく自分と男の間を行ったり来たりしているであろうアマンダの視線を感じ取り、グレイスは覚悟を決めてそ〜っと顔を上げた。アマンダと目が合った。瞬間、彼女が驚愕《きょうがく》に目を見張った。そりゃそうだ。うん。そうだろう……な……。

「――……うちの…………………メイド？」

引きつったアマンダの声が落ちた沈黙を引き裂く。

「そうですよ、ヒューイット夫人。商売の才能がおありだと伺いましたが、お忙しいのかな？　使用人の躾《しつけ》がなってませんな」

「私は公爵様に言われてこちらに来ております。雇用主は公爵様です。公爵様を呼んでください」

きっと顔を上げて訴えるグレイスは自爆覚悟だった。そりゃもう、跡形もなく、木っ端みじんになるだろう。多分きっと絶対まず間違いなくグレイスも死ぬほど叱られる。わかっている。だが今はコイツを捕まえたい。どうしても……どうしてもっ！

「――いいでしょう」

やしばらく黙した後、アマンダが掠《かす》れた声で告げた。だが解決策を求めて視線を泳がせるその様子から、全身で「呼びたくない」と訴えているのがわかった。おそらく、この後にグレイスの身に起きる惨劇を慮ってのことだろう。その優しさにグレイスは微かに微笑《ほほえ》んでみせた。

一秒くらいだろうか。その目の合った瞬間で、アマンダは全てを悟り微かに頷《うなず》いた。

骨は拾ってやる——そういうことだろう。グレイスの覚悟を見て取ったアマンダが背筋を伸ばして屋敷の奥へと歩いていく。

ああ……コイツをぶん殴って警察署に連れていく力が私にあれば良かったのに……そうすれば、アンセルの逆鱗《げきりん》に触れるような真似《まね》をすることもなかった。

「……言っておきますけど」

やがて廊下の奥が騒がしくなり、「うちのメイドだと!?」と憤慨するアンセルの声が響いてきた。

「全部あんたが悪いんですから、覚悟してくださいね」

口を引き結び、廊下の奥を睨《にら》み付けるグレイスは、背後の男が馬鹿にしたように笑う気配を感じた。

「世間知らずも良いところだな。いいか、世の中には序列というものがある。そして残念ながらどこからどう見ても紳士のわたしと、下層のメイドとでは発言の重さが違うんだよ」

自信満々のその言葉に、グレイスは心の底から溜息《ためいき》を零《こぼ》した。

「——ええ、全くその通りですね」

その時、妻を探して屋敷中を駆けずり回っていた公爵が、大股でエントランスに出てきた。

「だから一体なんだというんだ!?　掏摸《すり》だろうが強盗だろうが、この屋敷に現れたのならお前の管轄だろう!?　それにわたしのところのメイドとは一体どういうことだ」

「これはこれは公爵閣下《ユアグレイス》」

ぐいっと掴まれている手を持ち上げられ、グレイスの腕に痛みが走る。

「痛ッ」

思わず漏れた声に、アンセルの視線が捕まっている女に向いた。——メイド服を着たグレイスに。

ぽかんとこちらを見つめるアンセルに、グレイスはそうっと蚊の鳴くような声で告げた。

「——公爵閣下《ユアグレイス》、申し訳ありません」

そんな彼女の様子に、アンセルの脳が何がどうなっているのか状況を把握するのに三秒ほどかかった。そして。

（うっわぁ～……）

普段は夜空のように暗く澄んでいるミッドナイトブルーの瞳が、徐々に輝きだし、今や真っ青に光り輝いている。全身に緊張が走り、彼の身体に震えが走るのがわかった。迸《ほとばし》る怒りに栓をするかのように、アンセルがその両手を瞬間的にきつく握り締める。だがその真っ白な拳はぶるぶる震えていて、今にも暴れ出しそうだ。そんな彼の一挙手一投足がグレイスには見て取れ、それが素直に恐ろしい。

「————これは…………どういうことだ」

重すぎる沈黙の後、奥歯を食いしばり、ようやく振り絞るようにして漏れた夫の言葉に、グレイスは宥《なだ》めるべきうまい言葉を探した。そしてすぐに諦めた。多分、何を選んでも火に油だ。だとしたら、やるべきことは一つしかない。

「アンセル様、コイツがデザイン盗用に関わる一連の事件の張本人です」

「な⁉」

グレイスの腕を掴む男が驚愕に目を見張る。奥に下がっていたミス・ブレイクの唇からひっと息を呑《の》む音がした。それに構わずグレイスは先を続けた。

「コイツが何かの取引をブレイクさんに持ちかけて、ここからデザインを盗ませました。でも、それが公爵にバレるのを恐れて、事態を知った私を消して、多分ミス・ソートンも消して、アマンダさんのところからデザインを盗み続けてアンセル様に取り入ろうと考えてるんです！」

ですよね、商人さん。

にやりと笑って、自分を捕まえる男を見上げれば、彼の頬が引きつっているのが見えた。グレイスを掴む手が細かく震え始めている。だが、相変わらず表情は変わらない。どこか馬鹿にしたような、憐《あわ》れむような視線をグレイスに落としたままだ。

「……どういう意味かな」

アンセルの低い声が場の空気を引き裂く。

「ミスター・カムデン。君はアマンダから盗んだデザインをわたしに見せる気だったのかな？」

今にも射殺しそうな公爵の眼差《まなざ》しが男を貫き、今度こそ男は怯《ひる》んだ。だが、この真相に近い発言は考慮すべき立場にいない女の戯言《たわごと》だと思い直し、大声で笑ってみせた。

「まさか。そんなバカな話がありますか？　わたしが何をしたって？　公爵閣下、この女は盗人です。言葉に重さなんて」

「誰が盗人ですって!?」

激しい怒りを込めて睨み付ければ、男は苛立《いらだ》ったように掴んでいたグレイスを突き飛ばした。踏ん張れず、グレイスが膝から床に倒れ込む。その彼女に、男は人差し指を突きつけた。

「お前のような頭のおかしなメイドの言うことを公爵様が鵜呑《うの》みにされると思っているのか？　お前がわたしの財布を掏った！　それをそこにいるブレイクも見ていた！　それが真実でそれ以外などない！　そしてお前のような盗人の証言など誰も信じない！」

勝利宣言のように高らかに叫ぶ男を他所《よそ》に、グレイスはゆっくりと身体を起こし冷たい床に座り込む。確かに自分がメイドだとしたら、自分の身の潔白を証明するのは大変だろう。その事実に苦い物を感じた。こういう事態が彼ら、彼女らには起こり得るのだとぞっとしながらも心に刻む。うちの屋敷ではそういうことはさせない。絶対にだ。

だが幸いなことにグレイスはメイドではないし、財布を掏るなどあり得ない。ならば何故《なぜ》この男が嘘《うそ》八百でグレイスを貶《おとし》めるのか、少し考えればわかることだ。知らずににまにましそうになる顔を引き締めながら、グレイスはやりました、とどや顔をしようとした。

犯人から解放されたグレイスの手には真実がある。あとはブレイクが手にした報酬が一体なんなのか検証すれば終わりだ。と、そう思ったのだが。

顔を上げた瞬間、グレイスの頬が引きつった。

彼女に向かって、酷《ひど》くゆっくりとアンセルが歩いてくる。全身から立ち上る……後光というかオーラというか……不思議な輝きがグレイスには何故か見えた。煌々《こうこう》とした真っ白な光だ。

（やばっ）

「──誰が、盗人だって？」

恐ろしいほどゆっくりと、なのにどこか威風堂々と近づいてくるアンセルが、グレイスの前にすとん、と膝をつく。その様子に、カムデンはもとより、集まっていた使用人達がぎょっとしたように目を見張った。

「な⁉」

「……怪我《けが》はないか？　痛いところは？」

「え？　あ、え？　いえあの」

手袋をはめた手が、ゆっくりと持ち上がり、つっとグレイスの頬を撫《な》でる。

「なんて……馬鹿な真似をしたんだ」

声は穏やかで、表情はイタズラ好きな猫を見るような、困ったような愛《いと》しそうな表情だ。だが、申し訳ないが目が笑っていない。これっぽっちも笑っていない。むしろ激しい怒りがどんどん増している。

ひいいいいいいい、怖すぎるうううう。

「ち……違います、アンセル様……わ、わわわたしは」

「では何をしてたのかな？　浮気？」

「まさかそんな！　単なる潜入捜査で」

途端、がしいっと両肩を掴まれ、思わずグレイスが身を仰《の》け反《ぞ》らせる。だがアンセルの手からは一切力は抜けず、鼻先が触れそうな距離で覗《のぞ》き込まれ、グレイスはその恐ろしすぎる笑顔を至近距離から拝むことになった。身体の端から徐々に石化していく気がした。

「潜入？　確か、しないと言わなかったかな？」

「――――モ…………モウシワケゴザイマセン」

ひきいっとその場に固まった彼女が、後退《あとずさ》ろうと膝を立てる。そのストッキングに血が滲《にじ》んでいた。

ちらりとその様子に視線を落としたアンセルが、彼女を無言で抱き上げ、ゆっくりと男に顔を向けた。カムデンと視線が合う。瞬間、今度は男から短く、情けない悲鳴が上がった。

グレイスを見つめるアンセルの表情にはいくらか取り繕った優しさが滲んでいた。だが現在男に向けられたアンセルの表情からは、全ての感情が抜け落ちていた。零度以下の眼差しが男を射貫く。

「さて……ミスター・カムデン……何やら戯言を大声で喚《わめ》いていたが」

抱き上げるグレイスを抱え直し、胸元に傾いた彼女の額にこれ見よがしにキスをする。びりびりり、とグレイスの全身を静電気のようなものが走った。間違っても快感ではない。どちらかというと不快感だ。恐怖からの震え。

「誰が、何を、盗んだって？」

そのまま、額やら鼻先やら目尻やらにキスを落とし始めるから、屋敷にいた人間達がぽかんとした眼差しで二人を見つめている。その様子にグレイスはじたばた暴れながらも小声で叫んだ。

「ア、アンセル様ッ！　アンセル様ッ！　状況！　状況見て！」

ひそひそ声で叫び、ぱしぱしと腕やら胸やらを叩《たた》く。だがアンセルはその訴えを綺麗に無視した。

相変わらずの仮面のような表情で淡々と語る。

「しかも君は、容疑が定かではない女性を、馬鹿にしたように突き飛ばした」

冷気を増していく眼差しの先に男を捕らえたまま、静かに静かに怒りの焔《ほのお》だけ燃やし続ける。

「確かにそうかもしれませんけど、ほら、見てください！　どこにも怪我は」

「グレイス」

必死で言い募る彼女に、アンセルがぴしりと告げた。

「少し黙れ」

言いながらちゅうっと唇にキスをするから。

「アンセル様ッ！」

悲鳴のような声を上げて、グレイスがキスを続けようとする夫の唇に両手を押し当てた。

それからぽかんとこちらを見ているギャラリーをざっと見渡し、眩暈《めまい》がした。どう考えてもオカシナ状況だ。

アンセルは公爵様でグレイスは一応妻だが格好は完全にメイドだ。そのメイドを愛しそうに抱き上げてキスをするなんて、狂気の沙汰だ。

アマンダは、と助けを求めるように視線をやれば、グレイスのことを知っている彼女は明後日《あさって》の方向を向いて、必死に笑いを堪《こら》えて肩を震わせている。

（ううううっ……）

「――お前は、一体……公爵様の愛人か？」

そんな混沌《こんとん》とした状況の中、呻《うめ》くような男の声が空気を切り裂く。一歩後退りながらそう尋ねる男に、グレイスはどう答えようかと考えた。愛人と向こうが言うのならそれに乗っかるべきだろう。ここで自分の正体をばらしたら——要らない噂《うわさ》のネタになるに決まっている。公爵夫人は侍女の格好をするのが趣味とか言われ、変わり者という評判に更なる称号が付きそうだ。そんな困った問題が発生するのだけはごめんだ。だが。

「——彼女が……わたしの愛人だと？」

地を這《は》うようなアンセルの低い声がし、グレイスの身の毛がよだった。このままでは「彼女はわたしの最愛の妻だ、無礼者！」とか言い出しそうだ。それだけは勘弁してほしい。なので。

「そうです、私こそがアンセル様の秘密の恋人で愛人です！　ですから私の言うことは絶対なんです！」

「グレイス!?」

ぎょっとするアンセルを他所にグレイスは更に畳みかけた。

「というわけでアンセル様ッ！　彼こそが首謀者です！」

朗々と響き渡るグレイスの声。びしっと指をさすグレイスを抱えたまま、アンセルがゆっくりと視線を男に向けた。視線に威力があったなら、まず男は即死だっただろう。そんな眼差し。

「なるほど……」

「何を……馬鹿な……」

はは、と乾いた笑い声が男から上がり、首を振る。

「申し訳ないですが、公爵閣下。その……そちらの女性の言葉を鵜呑みにされるのはいささか軽率ではありませんか？」

へらりと笑ってそう言いながらも、微かに憎悪の滲んだ眼差しがグレイスに注がれる。

「確かに彼女は閣下の愛人かもしれない。ですが、所詮は愛人です。閣下の庇護《ひご》がなければ生きていけない。ということは閣下の庇護を得るためだけに嘘だって吐《つ》くしそれに――」

「黙れ」

低い声が一喝する。ひっと息を呑む男を横目に、アンセルはきっぱりと告げた。

「それはわたしが決めることだ」

そして周囲の視線から隠すように更にグレイスを胸元に引き寄せ、アンセルが低く、だがよく通る声で宣言した。

「警察を呼んでくれ」

その瞬間、後ろに控えていたブレイクが切れ切れの悲鳴を上げた。全員の視線がそちらに向く。

「だめ……だめだ……やめて……」

その一瞬後に走り出す。

「それだけはだめだああああ」

「待ちなさいッ」

反射的にアマンダが叫び、追いかける。事務所の入り口、階段脇に立ってはらはらしながら状況を見守っていたミリィは、自分の方向に駆けてくるミス・ブレイクに目を見張った。

「ミリィ！」

グレイスが叫び。

「はいっ！」

彼女は咄嗟《とっさ》に、グレイスが階段横に置いておいたモップを掴んだ。

自分の主は角材一本で悪漢を倒した過去を持つ。がら空きの脇腹にフルスイングをお見舞いしたということだ。だからよく見て、と自分に言いながら、ミリィはモップを構えた。

そんな侍女に気付いた彼女が、一瞬だけ速度を緩めて進行方向を変えようとする。その、一瞬の、躊躇《ためら》うような隙。そこを突くように、ミリィはえいやっとモップを振り回した。

「ッ」

お腹《なか》の辺りをモップの先端が掠《かす》め、腰の引けたブレイクが後方によろめく。その彼女を、後ろから追いかけていたアマンダががっしりと掴んだ。

「離せッ！」

絶叫と共に彼女が身を捩《よじ》った瞬間、アマンダを護《まも》るべく使用人が一斉に二人の周りに群がった。そのごたごたに紛れて、この事態を招いた男が脱出しようとする。気付いたアンセルが、抱きかかえていたグレイスを壊れ物のように優しく床に降ろし、背筋を正すとつかつかと男に大股で歩み寄った。

それから男の肩を掴んで振り返らせる。

「ミスターの言い分はわたしが聞こう」

はなせえええええ、というミセス・ブレイクの絶叫を後ろに聞きながら、アンセルは身体を強張《こわば》らせてみるみる青ざめる男に冷たい笑みを見せた。

「さあ、洗いざらい話してもらおうかな」

13　嘘の代償

ベッドの上にちょこんと正座をしたグレイスが、神妙な顔で夫を見つめていた。

カムデンの目論見《もくろみ》はほぼグレイスが言った通りで、急遽《きゅうきょ》呼び出されたトリスタンが、アンセルの前で洗いざらい吐かせていた。そんな彼らが密輸しようと企んでいたのは、何を隠そう。

「――レイドリートクリスタル？　ですか」

「ああ、そうだ」

バスルームから出てきたアンセルが、ふわふわのタオルでがしがしと自分の髪を拭っている。バスローブの隙間から覗《のぞ》く身体《からだ》は引き締まっていて強そうで、グレイスは思わず腹筋辺りに視線を彷徨《さまよ》わせてしまった。何度見ても飽きないし興味が尽きない自分とは違う身体。そんなグレイスの興味津々といった視線に気付かないアンセルは、タオルからぱっと顔を上げた。艶やかな黒髪がランプの灯《あか》りにきらきら光る。そんな数メートル離れた位置で立ち尽くす夫を、何も考えずにうっとり見つめていると不意に彼が振り返った。

どきりと心臓が高鳴る。

「聞きたそうだな」

「もちろん」

身を乗り出そうとして、グレイスは堪《こら》えた。そうなのだ。グレイスはこれからお仕置きをされる身なのだ。

何故《なぜ》か彼女は現在、メイド服のままだった。あの修羅場から今度は彼女自身がこっそり逃げ出そうとしたのだがあっさり捕まり、馬車に放り込まれ、あれよあれよと寝室に連れてこられたのだ。

以降、アンセルがトリスタンと共に取り調べに参加している間軟禁されていた。まあ一応……自分が悪いことは理解しているので、グレイスは大人しくしていた。メイド服を脱いで着替えようかと思ったが、アンセルの寝室には自分の衣類がない。人を呼んで持ってきてもらおうかと呼び鈴を鳴らしたが人っ子一人やってこなかった。多分、寝室からの要望は誰も受け取るなと厳命されていたのだろう。まったく。

「アンセル様」

ふうっと溜息《ためいき》を吐《つ》き、あまりグレイスと目を合わせない夫に、そうっとグレイスが囁《ささや》いた。

「確かに勝手な行動をとったのは悪かったと思ってます。でも、結果を見れば私のおかげで今回の事件は解決したというか、むしろ功労者だと称《たた》えられるべきじゃないでしょうか」

胸を張り、鼻高々で訴える。

「何せ私が連中の取引現場に居合わせた功績は大き――」

その瞬間、すたすたと歩み寄ってきたアンセルに、問答無用でベッドに押し倒された。

「ア……アンセル様……」

「そうだな。君が危険も評判も顧みず突っ込んでいったおかげで、わたしは妻を心の底から愛しているにもかかわらず、メイドと恋愛関係になっている最低最悪の雇用主のレッテルを張られることになったがなッ」

それは……甚大な被害だ。

「で、でもそれはちゃんとアマンダさんが――」

「おまけに嘘《うそ》を吐かれて、嘘を吐かれて、嘘を吐かれてッ」

「アンセル様ッ」

謝ろうとする唇を、覆いかぶさった男が塞ぐ。強く吸い上げられ、目の前がくらりと回転した。

アンセルのキスに慣らされた身体が、その瞬間から勝手に溶けて開いていく。薄く唇が解けた途端、滑らかな舌がなだれ込んできて、グレイスのそれと絡み合った。

「んっ」

思わず吐息が漏れる。たちまち意識に甘い霞がかかり、思考回路が機能を停止していく。何度も角度を変えてキスが続き、夢中になるうちにグレイスの腕が持ち上がった。きゅうっと背中に抱き付くと、ふとその腕を解いて身体を離したアンセルが、自分のベッドの上で息を弾ませているグレイスを上から下まで視線で辿《たど》った。

濃い紺色の平織りのドレスがやや乱れ、真っ直《す》ぐ縫っただけのスカートの裾からストッキングに包まれた脚が覗いている。ちなみに、擦り剝《む》けた膝の手当てはアンセルがメイドに頼んでいたらしく、自分でできると訴えるグレイスを無視してあっという間に手当てをされ、何故かまたストッキングを履かされていた。

首元までしっかり留まっている包《くる》みボタンにアンセルの指が伸び、それを見つめていると、鼻の頭にキスが落ちてきた。

「君の格好は正真正銘のメイドだな。ということは、このままいくと本当にわたしは、メイドに手を出す卑劣極まりない雇用主になりそうだ」

唇が頬に移動し、耳朶《じだ》に触れる。そこに吐息を吹き込まれ、次いで顎の横、首筋とキスが繰り返されて、グレイスの喉から甘い声が漏れた。

「……責任は取ってもらいますから」

くすりと首筋でアンセルが笑うのがわかった。

「私は愛人何号ですか？　奥様の他にもう一人、いらっしゃるのは知ってますから三人目？」

今度こそ、アンセルが吹き出す。回した腕がぎゅうっとグレイスを抱き締める。

「まったく。君はわたしに何人愛人を持たせるつもりだ？」

「それで奥様がご自由に動けるのでしたら何人でも――」

「わたしは一人でいい」

こつん、と額に額を当てられ至近距離で覗き込まれる。近すぎるあまり焦点がぼけているが、アンセルのその青い瞳が怖いくらいに輝いているのがわかった。口調は穏やかでも、心中はそうでもないと遅まきながらグレイスは気付いた。

「……ごめんなさい」

グレイスは素直に謝罪の言葉を唇に乗せていた。しゅんとしおれる様子に、アンセルが胸が痛むような顔をした。だが。

「お仕置きはお仕置きだ」

「きゃ」

腰の辺りまでグレイスのドレスの身頃を引き下げエプロンを引き抜くと、そっとシュミーズに包まれた細い腰に両掌《てのひら》を当てた。そのままのんびりと撫《な》でられて、彼女の身体が震えた。

「あっ」

嫌がるように反らすと、弧を描く首筋にもキスが落ちてきた。灼熱《しゃくねつ》の唇がややひんやりとしたグレイスの肌を辿り、焼けつくような熱さを残していく。もどかしさを積み重ねる彼の手は、腰を辿《たど》り脇腹をなぞっていく。コルセットの奥で胸の先端が立ち上がるのを感じてグレイスはそっと目を開けた。

デコルテ辺りを彷徨うアンセルの頭を抱え込むように両手を伸ばす。ぎゅっと抱き締めようとして、その両手首を掴《つか》まれた。そのままシーツに縫い留められる。

「あ……」

「ダメだ」

乱れた前髪の下から、熱くなったアンセルの眼差《まなざ》しがグレイスに注がれた。

「今日はお仕置きなんだからな。触るの禁止」

「ええ?」

手首を持ち上げられて一つに重ねてまとめられる。それを、彼女の身体から引き抜いたエプロンで器用に括《くく》られた。緩い拘束で痛くはないが、圧《の》しかかるアンセルに腕を回すことができない。彼はグレイスの腰を挟むようにして膝をつき、ゆっくりと彼女の身体からコルセットを外した。半分下ろしたドレスを引き抜き、しわくちゃになったシュミーズを取り去れば、ドロワーズと、靴下留めで太腿《ふともも》に留められた白いストッキングだけという、扇情的な姿を晒《さら》す羽目になってしまった。

「なるほど。これはそそられるな」

アンセルの指先が、お腹《なか》から胸の先に向かって滑っていく。

「んんっ」

だが、真っ直ぐに肌を辿り、尖《とが》った先端に触れるのかと思われた指先は、何故か弧を描いたり波模様を描いたりでなかなかグレイスの快感の中心を目指してはくれない。

焦《じ》れたように太腿をすり合わせ、身を起こそうと手を持ち上げるが、やんわりと押し戻される。思わず睨《にら》みつければ、アンセルがグレイスの頬にちうっとキスを落とした。

「君はメイドだろ？　わたしの言うことを聞きなさい」

主《あるじ》の右手が腰の辺りを彷徨い、丸いお尻へと降りていく。

「んっ……うっ」

ぎゅっと目を閉じて、唇を噛み締める。何かを堪えるグレイスの身体を、アンセルは余すところなく触れ回る。だが太腿の裏や丸い膝、真っ白な乳房の下の辺りを執拗《しつよう》になぞるが、肝心の場所には触れてくれない。

じれったくなり、グレイスは目を開けて「アンセル様ぁ」と濡《ぬ》れた声を上げた。その度に男は持ち上がる彼女の腕を優しくシーツに戻して、グレイスの形を確かめるように触れるばかり。彼女の身体の奥には、ただただ自分では解消できそうもない熱が溜《た》まっていくのだ。

「アンセル様……もう……」

「メイドの君がわたしに指図するのか？」

唇がゆっくりと、グレイスの胸の先端に降りていく。だが触れることなく、ふうっと冷たい吐息を吹きかけられた。ふああ、と震える声が彼女の喉から漏れた。

「アンセル様……」

「まだ駄目だ」

焦らすように赤く色づく先端をやっぱり避け、丸い乳房を唇が辿っていく。激しく奪ってほしいのにそうされず、グレイスは思わず腰をくねらせた。

「アンセルさまぁ」

溶けかけた涙声に、微《かす》かにアンセルの手が震えるのがグレイスにはわかった。

「お願い……触って……」

我慢できず、懇願するように掠《かす》れた声で囁く。潤んだ瞳いっぱいにアンセルを映し、はくはくと唇を動かすと、彼の理性が焼け落ちていくのが見える気がした。

「触ってほしいのか？」

「はい」

「ではちゃんと言ってみなさい」

たまにこういうことを言わされる。グレイスとしては、後から思い返して死ぬほど恥ずかしくなるのだが、焦らされて溶けた理性は、今この瞬間は機能してくれない。どうとでもなれという気持ちのまま、グレイスは両脚を持ち上げてアンセルの腰に踵《かかと》を引っかけた。

「お願いします……いやらしく……触って……」

どこを、と聞くことなく、微かに笑ったアンセルが自分の腰に絡む脚の、その膝裏に手をかけた。

「きゃあ」

そのまま一気に持ち上げ、あらわになったドロワーズの隙間に舌を忍ばせた。

「ちがっ……ああっ」

胸を触ってほしかったのに、それよりももっと直接的な快感を選ぶとは。お腹の奥に溜まっていたもどかしい熱が、刺激を受けて沸騰する。その衝撃にグレイスの視界は真っ白になった。いきなりすぎる強い悦《よろこ》びに、逃げそうになるグレイスの腰をがっちりと抱え、アンセルはひたすらに甘い蜜を零《こぼ》す泉を攻め始めた。

濡れた音が立ち、尖る花芽をいたぶられる。艶《なま》めかしい動きに腰が揺れる。ちゅうちゅうとわざと音を立てて吸い付き、長い指をつぷりと沈ませる。

「ああっ」

お腹の奥を掻《か》き回されて、グレイスの喉が反った。気持ちよさそうな声が上がり、アンセルは満足げに呻《うめ》くと、ゆっくりと身を起こした。腰の間でそそり立つ楔《くさび》を、待ちきれずに濡れて柔らかくなる秘裂にぐいっと押し当てる。

指や舌とは感触も質量も違うものに、グレイスの腰が期待に甘く疼《うず》いた。それを突き入れられてひたすらに揺さぶられる快感を……彼女の身体はよく識《し》っていた。

「欲しいのかな？」

ゆっくりと、上下に擦《こす》られて掴んだグレイスの太腿が震えるのがわかった。

「それとも」

身を屈《かが》めて尖った乳首に吸い付く。

「ひゃんっ」

「ここをもっと攻めてほしい？」

ちろちろと舌で攻められ、時折甘く噛《か》まれる。加えてとろとろと溶け出す秘所を熱い物で擦り上げられて、グレイスの身体は今にも弾《はじ》けそうだった。

「も……や……」

止むことない快感にはしかし、決定打がない。それを求めるように無意識に腰が跳ね上がる。ぐいぐいと柔らかな箇所を押し付ければ、アンセルの身体がびくりと震えるのがわかった。

「なんて淫らなメイドだ。自分から強請《ねだ》るなんて」

切羽詰まった声が降ってくる。余裕のない、ぴんと張ったような声。

「ご……ごめんなさ……」

「これはきつめのお仕置きをしないといけないいな」

吐息の混ざった声が不吉な単語を紡ぎ、目を見張るグレイスは、自分の脚が大きく持ち上げられるのを感じた。

「さて、どうしてほしい？」

上から見下ろされ、一瞬だけ反抗しようかとグレイスの理性が奮闘する。だが、不意に自分はアンセルに仕えているメイドであることに気が付いた。

メイドなら……妻には許されないことも言えるのでは……？

その瞬間、ふっとグレイスの中の何かが緩んだ。自分はお高くとまった公爵夫人でも、貧乏伯爵令嬢でもない。ただのメイドだ。主の命令が絶対の。

「奥まで……」

自分の中の線引きを越えて、グレイスはアンセルを上目遣いに見上げた。

「挿入《いれ》てください……ご主人様ぁ」

濡れて乞い求める眼差しには、ただ一人、アンセルだけが映っている。

それはアンセルの理性を崩壊させるに十分な一撃だった。

「ひゃあああんっ」

熱く潤い、なのに締め付けてくる鞘《さや》に、アンセルの楔が奥まで一気に収まった。散々焦らされたグレイスの身体は、その甘い衝撃に耐えられず奥の奥まで震えた。あ、あ、と切れ切れの吐息が零れ落ち、甘く緊張する身体をアンセルが抱き締める。きゅうっと締まって絡みつく膣内《なか》が、今にも弾けそうなアンセルの楔を感じ取った。

「っ」

「や……あ……あ……」

縛られた手首は動かず、掴めるものがない。彼の身体を感じたくてもグレイスの脚はアンセルの両手に固定されていた。身動きが取りにくい中、グレイスを支配する甘美すぎる衝撃が押し寄せてきて、それが怖くて彼女はふるふると首を振った。

「アンセル……さま……これ……外して……」

ぐ、と腕を持ち上げる。荒い呼吸を繰り返して見上げれば、衝撃に耐えるような表情の彼が、奥歯をかみしめるように顎に力を入れるのが見えた。

「ダメだ」

切羽詰まった声が降ってくる。

「こっちが先だ」

「あんっ」

腕の拘束を解いている暇がないとばかりに、グレイスの多少収まった欲望を煽《あお》るよう、再びアンセルが腰を穿《うが》ち始める。

上から攻め立てられ、縋《すが》りつくもののないグレイスが、必死に唇を噛んで衝撃に耐えた。

「アンセル様……アンセル様、キスして……」

こんな風に乱暴に強引に暴かれるのは嫌いではないが、触りたい。必死にそう訴えると、身体を起こしたままグレイスを攻め立てていたアンセルがふっと小さく笑った。意地の悪い、オオカミのような微笑《ほほえ》み。

「言っただろ？　これはお仕置きだ」

「やあん」

彼女の足首を掴んだまま、一定のリズムを刻んで突き動かす。

「君は……何をして……お仕置きをされている？」

卑猥《ひわい》な水音が立ち、抽挿の度に募っていく快感に首を振る。

「ごめ……なさい……」

「わたしは……君を信用していた……なのに、嘘を吐いたのは誰？」

「ごめ……」

「だめだ。君が二度と同じ過ちを繰り返さないよう、その身に刻んでやる」

達するまでやめてはもらえないと悟り、グレイスがぎゅうっと目を閉じた。揺さぶられ、込み上げてくる深すぎる快楽にじわりじわりと侵食されていく。

彼の下でなすすべなく、アンセルから与えられるものを貪るグレイスの、その赤く染まった目尻からぼろっと透明な雫《しずく》が零れた。

「ッ」

その様子にぎょっとしたのか、焦った声がグレイスの名前を呼ぶ。温かな身体が彼女を包み、優しいキスがそっと目尻に落ちてきた。それからゆっくりと、甘く艶やかな嬌声《きょうせい》を上げる唇が塞がれる。

ほっとする温かさが身体を包み込み、グレイスは腕を動かした。

「全く君は」

身体を倒したことで結合部が変わり、新たな接触に二人の身体が震える。手を伸ばして彼女の戒めを解き、アンセルは一番奥に自らを収めたまま夢中でキスをした。

「満足にお仕置きもできない」

唇をくっつけたまま低い声でしゃべる。

「君が心配だから君を閉じ込めたいし、君にわたしの気持ちをわからせたいのに、どうやったってわたしは君に勝てないことを知るばかりだ」

言葉が温かな吐息となって、グレイスの身体に注ぎ込まれる。じわっと胸の奥が熱くなり、グレイスは必死になってアンセルの背中に腕を回した。

「違うの……違うんです……私は……ただ貴方《あなた》の役に立ちたいから……」

役に立っているとどうしても思えない。いつだってアンセルのためを思って行動するのに空回るのだ。

「そう思うのなら……頼むから、一人で動かないでくれ」

「――アンセル様？」

すりっと頬に頬を擦り寄せられ、アンセルが目を閉じる気配を感じる。熱い身体の、繋《つな》がっている場所から溶けていくような心地よさを覚えた。

「でないと、わたしの身が持たない」

掠れた震え声で囁かれ、グレイスの脳裏に昼間の行動が蘇《よみがえ》った。不可抗力とはいえ、グレイスは単身、元凶ともいえる相手の元に突っ込んでいったのだ。

今回はうまく行った。だがそれは屋敷の傍《そば》で彼らに遭遇したからだ。周囲に味方がいたからだ。だがそうではなかったら？

ぞくっと未知の恐怖で胃の腑《ふ》が焼かれるのを感じる。同じことをアンセルも考えていたのか、グレイスの震えを感じた彼が夢中でキスをする。

アンセルもグレイスも、立派な大人で意志がある。両手も両足もあって健康で、一人でどこへでも行ける。だが、世界には不穏で危険なものがあちこちに溢《あふ》れているのも事実だ。

それら全てから愛する人を護《まも》ることはアンセルにもグレイスにもできない。誰にもできない。

だからせめて。

「ごめんなさい……」

きゅっと抱き付くと、深い深い口付けが落ちてくる。アンセルは先程とは打って変わってゆっくりと動き始めた。再び込み上げてくる……身体の奥から湧き上がってくる快感に二人で夢中になる。腕を回し、互いを確かめるように抱き合いながら、不意に願う。

身体の奥の届かない所まで……そのカタチの中にある、柔らかで温かな、心がある場所で繋がりたい。その場所で溶けて混じることができれば互いに知らないことなどなくなる気がする。

だがそれが無理だからせめて、このカタチの奥で繋がりたい。高まり、震えながら解放される熱の中に、二人で溺れていく。今これが、二人の精一杯だと知っているから。

「死者を蘇《よみがえ》らせる儀式……ですか？」

温かくふかふかのベッドの上に、二人はのんびりと寝そべっていた。夜の帳《とばり》がおり、ほんのりと明るく灯《とも》ったランプの炎が揺れる室内には、平穏だけが満ちている。

そんな愛する人にしっかりと抱き締められている状況で、出てきたオカルトチックな単語に、グレイスは眉間に皺《しわ》を寄せた。その額にキスをし、彼は更にきつく彼女を抱き締めた。

「今日、昼間にケインと一緒に、突き止めた謎の女のアパートに潜入してきた」

「え!?」

自分と同じようなことをしていたとは、と目を輝かせるグレイスの鼻を摘まみ、半眼で妻を見る。

「そんな、自分も行きたかった～みたいな顔をするな」

うう、と視線を逸《そ》らす彼女の頬に、そっと掌《てのひら》を滑らせながらアンセルはそこで見たものを話してくれた。

「部屋の中はまあ、普通だったな。部屋の中央に祭壇がなければ」

狭い居間に鎮座していたのは、丸いテーブルの上に置かれたたくさんの燭台《しょくだい》と、それと交互に置かれた五色の鉱物だった。丸く配置されたそれらの中心に、拳大の大きさで、少し上部の凹《へこ》んだクリスタルと、一枚の肖像画が置かれていた。

その肖像画の特徴から、自分が拾ったロケットペンダントの中の人物と同じ人だと知る。

「後からの取り調べで、それは今年の春に亡くなった俳優だとわかった。結構人気のある人物だったそうだ」

急遽《きゅうきょ》呼び出したトリスタンと共に、捕らえたブレイクから話を聞くと、彼女はずっとその人物に憧れていたことがわかった。その彼がいなくなり、世界から火が消えたような気持ちになった。全てが真っ暗に見え、気力を失っていた時に、あまりに彼女が部屋に閉じこもったままなのを心配して、彼女の親戚がアマンダの店の仕事を取ってきてくれたのだという。

こうして働きに出たブレイクは、宝飾店にやってくる令嬢達の話から、自分の願いが叶《かな》う方法があると知った。中には物語の登場人物と結婚したと豪語するレディまでいると。

「それから彼女は、例の魔法道具店を突き止め、自分が求める方法を探り出した」

ぽっかり空いた胸の隙間を埋めようと、自らの給料以上の金額をつぎ込み、工房の物に手を出しそうになっていたブレイクに、その店の経営者であるカムデンが目をつけるのは時間の問題だった。

「あの店、カムデンのものだったのですね」

それはカムデンを取り調べる中でわかった。彼の家に家宅捜索に行った警察官からもたらされた情報によれば、カムデンの家からは輸入が禁止されている商品のリストと、顧客の名簿が出てきた。その中に、レイドリートクリスタルがあったという。

「ブレイクの話によると、祭壇にあったクリスタルは心臓をかたどった高価な水晶で、それに入手したレイドリートクリスタルの欠片《かけら》を注げば、やがて水晶が色づき、内部に赤い血を作り出し、その魔法の心臓を中心として彼が蘇るということらしい」

彼の熱狂的なファンだったブレイクは、それを心の底から信じ、捕まった今も疑っていない。もしあの祭壇を壊した者がいたら必ず呪いが降りかかるだろうと、血走った目で、口角泡を飛ばして訴えていた。

——それにしても……また、レイドリートクリスタルだ。

「……ブレイクさんはその……彼が生き返ると信じるに足る何かを見たのですか？」

あのクリスタルによって幻想や幻覚を見た人間を知っているだけに、重い口調でそう尋ねる。ふと忍び寄ってくる冷気を感じ、すり寄るグレイスの身体《からだ》を優しくアンセルが撫《な》でた。

「まあ、おそらくは……だが、あの怪しげな店には一斉捜査が入ったしね。カムデンの会社同様取り潰しだろう。だからこれ以上、失踪するような人間が増えることはないはずだ」

「……レイドリートクリスタルをカムデンが密輸していた……か」

グレイスが呻《うめ》くような声で呟《つぶや》く。何故《なぜ》そんなことをするのか……理由がわからない。

「あれは国外に持ち出すにはかなり煩雑な手続きが必要になる。だが、法外な値段で売れるし、実際に見たいものを人に見せる力もある。そんな宝石をもっと沢山、自由に取引ができるよう画策したんだろうな」

「……そのクリスタルが見せる世界は……そんなに魅力的なのでしょうか」

ぽつりと漏れたグレイスの台詞にアンセルは考え込んだ。

「確かに、レイドリート王国ではクリスタルの利用に制限をかけている。鉱山付近では盗賊やなんかが頻繁に出て警護の騎士団が編成されているとも聞くし、それにクリスタルに関する研究書もちらほら出回っているしな」

「へえええええ……魔法と言えばレザスタインだと思ってました」

「源はどちらかというとレイドリートだろうな。そこに流れていた力を有効利用できたのがレザスタインだったというか……だがそれも何百年も昔の話だ」

それがここにきて急に知名度を上げたのには、やはり、レイドリート本国が騎士団まで据えて鉱山を護《まも》り始めたことに起因しているだろう。

（シャーロットの持っている、願いを叶えるペンダントの石も……もしかしたら……）

だとしたら、シャーロットもケインの姿を幻で見るようになるのだろうか——と、考えるも彼女なら大丈夫そうな気がする。なんとなくだが、そういうのに取りつかれそうな感じはしない。

「とにかく、眉唾物だと思われていたレイドリートクリスタルがここにきて一気に株を上げたわけだ」

太古の昔に滅んだと思われるその力。それが今すぐここで使えるのなら……と考えるのは人の性《さが》だ。そしてそれは市場に影響を及ぼしそうな話題でもある。

誰だって、心の弱さや信じたい想《おも》いから神秘的なものに縋《すが》りたくなる時がある。それが更に、本物であるというレッテルが張られれば尚更だろう。

「本当に死者が蘇るのでしょうか」

考えながら呟かれたグレイスのセリフに、アンセルはくるりと体勢を入れ替えると、腕の中にいた彼女を組み敷いた。

「死者が生きていけるのは、その人を愛していた人の記憶と心の中だけだ」

そして、愛してくれる人の巨大な想いを振り切って蘇ってくる人間などいやしない。

「現世でゾンビだと後ろ指をさされるより、誰だって愛された人の中で生きることを選ぶだろうさ」

ふわっと微笑《ほほえ》むアンセルのその指摘に、グレイスは小さく笑う。そうかもしれない。自分を蘇らせたいとまで思うヒトの中に、生きていられるのだとしたら、それはきっと物凄《ものすご》く幸せなことだ。

「そんなわけで、連中は逮捕されたし、今回のオカシナ失踪とデザイン盗用の件は終了だろう」

自分達はみごと、囮《おとり》の役目を果たした。主にグレイスが、だが。そう考えて、確かに彼女が一番の功労者だとアンセルは複雑な心境で思う。褒めるべきかどうしようか。だが褒めたら褒めたで自分の妻はまた無理や無茶をしそうだ……なんてぼんやり考えていると。

「まだ終わってません」

きっぱりと言われ、アンセルは目を瞬《しばたた》いた。身体を離して見下ろすと、グレイスが何故か唇をへの字に結んでいた。

「グレイス？」

そっと声をかけると、彼女がふいっと視線を逸らす。

「どうした？　何が終わってない？」

「――気になることがあるんです」

強張《こわば》った声で訴えるグレイスに、アンセルは身構えた。

それは一体なんだ？　これ以上どんな厄介事があるというのか？

もしかして、こんなに可愛《かわい》くて有能なグレイスだからアマンダの屋敷で正式に雇いたいとオファーがきたとかそういうことか⁉　三日に一回は外で働きたいとかそういうこと⁉　馬鹿な！　そんなの許せるわけがない！

「もし働きたいとかそういうことなら、うちの屋敷で働けば良いだろ？　わたしとしては不本意すぎるし君にはリビングで優雅にお茶でもしててほしいところだが、それが君の精神を蝕《むしば》むというのならわたしはあえて」

「ち、違います！　いいえ、またメイドの真似《まね》ができるのなら嬉《うれ》しいですけどそうじゃなくて！」

「じゃあなんだ？」

ミルクティ色の綺麗《きれい》な髪に指を通し、そっと後頭部を優しく揉《も》むようにして撫でる。メイドの業務はともかく、別の衣装でするのはいいなぁ、なんて取り留めもないことを考えるアンセルに、意を決したグレイスがきっと鋭い眼差《まなざ》しを送った。

「連中が言ってました。自分の元恋人に妻のジュエリーデザインを頼むなんておかしいって」

——なんだって？

「——えーっと……？」

「私もそう思います。ていうか、ずっとそれが引っかかってました」

そもそもグレイスがアマンダの傍《そば》で働こうと決意したのは、彼女とアンセルの関係がお似合いで……お似合いで……お似合いだと不安になったからだ。その件に関しては解決を見ていない。

二人が一時期恋人同士だったのはわかった。では今は？

舞踏会で聞いた噂話《うわさ》。みんなが言う、アンセルに相応《ふさわ》しくないという言葉。グレイス自身、自分が公爵夫人として相応しくないとわかっていたので、あちこちで文句が噴出してもそれほどダメージはなかった。何よりもアンセルがグレイスを本当に大事にしてくれているのがわかっていたし。

でも、そんな「特別」が自分だけに向けられものではないのでは？　と疑ってしまった。アマンダと親しげなアンセルは、彼女とワルツを踊ったり、ジュエリーのリメイクを頼んだり。二人で楽しそうに語り合ったりしていた。何よりも昔の恋人だというからには、きっと本当にグレイスに向けてくれるような眼差しを彼女に向けたりしていたのだろう。

そう思うと……なんというか……お腹《なか》のずっと奥の方が焼けつくように熱くなるのだ。それが嫌で、グレイスは一度、ぎゅっと目を瞑《つむ》ると覚悟を決めてぱっと見開いた。

「アンセル様」

ひた、と彼女はその、透き通るように綺麗なグレーの瞳をアンセルに向けた。

「アンセル様は……アマンダさんのことを今も愛してるんですか⁉」

きゅっと唇をへの字にして身を乗り出す妻で愛人で恋人のグレイスに、アンセルはぽかんとした。

一体……一体何をどうチョイスすれば、自分とアマンダの間に愛があると思うのだろうか。今回の騒動の最中、「お前の店のことならお前がどうにかしろ」と喚《わめ》いていたのを聞いていないのか。自分はグレイスを探すので忙しいいと。それをよくもまあ。

「グレイス……」

「正直におっしゃってください。アンセル様は……本当は……本当は……アマンダさんと結婚したかったんですよね!?　お付き合いしてた頃、お二人はお似合いだったと聞いてます。きっと舞踏会では周囲の視線を一身に集め、人気のないアルコーヴに隠れ、楽しそうにいちゃいちゃして」

その瞬間、額をやや強めにべしりと叩《たた》かれたグレイスが、目を見張った。

「!?」

呆気《あっけ》にとられる彼女の両頬を、人差し指と親指で摘まんでぐにーっと引っ張る。ふにゃっと柔らかなそれは、彼女の丸い膨らみと弾力が少し似ていて触ると気持ちが良かった。

「あ、あんひぇるひゃま……」

そのもちもちをふにふにしながら、アンセルは眉間に皺を刻んだ。この妻は、全くわかっていない。

「君の、無謀な行動のおかげで」

静かに、だが紅蓮《ぐれん》の炎がアンセルの背後にゆらりと立ち上る。

「わたしは、妻を愛していると世間に豪語しながら」

その炎がアンセルの瞳に再び宿り、引きつった笑みにグレイスの身体が震える。

「何故かメイドに手を出して愛人にしていると、そう誤解されるのを厭《いと》わないほど、公衆の面前で君にキスをしたのにッ」

ぎりぎりぎりぎりと頬《ほ》っぺたを引っ張る。みるみるうちにグレイスの瞳が大きくなり、ぽかんとする彼女にアンセルは酷《ひど》く掠《かす》れた声でそっと囁《ささや》いた。

「――それほどまでに、君はわたしが信じられないのか？」

情けなさすぎる一言と、切なく揺れる青い瞳。そんな夫の様子にグレイスは息を呑《の》んだ。

そんなことない。断じてそういうわけではない。そうじゃないのだ。

「ちがいまふ」

「そうなのだろう？　わたしの愛情が足りないから君をこんなに不安にさせ」

ぱし、とアンセルの手首を掴《つか》み、グレイスが彼を見上げた。

「違うんですッ！　私が信じられないのは……私なんです」

そう。いつまで経《た》ってもアンセルからの愛情を疑ってしまう。それは自分に自信がないからだ。アンセルは何も悪くない。悪いのは自分の方なのだ。

「今でも時々わからなくなるんです。アンセル様がどうして……私のことが好きなのか。本当はもっと素敵な人がいて、何かのタイミングで出会ってないだけなんじゃないかって。だから不安になるんです。自分が……本当にアンセル様に相応しいのか……」

周囲がグレイスとアンセルの仲が不似合いだと思い、そう話すのはわかっていた。気にしないようにしてきた。噂を覆すだけの社交力がグレイスにあればよかったが、何をどうすればいいのかもわからない有様だ。

「私が完璧な淑女なら問題ないと思うんですが」

世に認められるような、威厳と気品に溢《あふ》れ、冷たい表情が似合いの公爵夫人を目指せば……。

「そんなのは君じゃない」

「でも」

言い募ろうとする唇が熱い唇で塞がれ、温かな両腕がふんわりとグレイスを包んで中に閉じ込める。

「……なあ、どうしたらいい？」

そっと、甘い声が尋ねる。

「君がわたしの愛情を信じてくれるために、わたしは何をしたらいい？」

ぎゅうっときつく抱き締めて、首筋に頬を擦り寄せるアンセルに、グレイスの胸が熱くなった。夫の着ているローブの胸元を握り締めて目を伏せ、そっと小声で呟く。

「アマンダさんのこと、全部、包み隠さず話してください。それからアンセル様のこと、もっともっと教えてください」

身体に響く、彼女の言葉。きっと泣きそうな顔をしているだろうと、そっと視線を落とすと、グレイスの頬が微《かす》かに膨らみ、口がへの字に引き結ばれていた。思わず目を瞬く。もしかして……と一つの可能性に気付き、アンセルはそっとイジワルく聞いてみた。

「聞きたいのか？　わたしの昔の恋愛話」

「――聞きたくないですけど……聞きたいです」

呻くグレイスの口角が更に下がる。それがアンセルに衝撃を与えた。

もしかしてもしかして彼女は――やきもちを焼いてるのか？

何かあるんじゃないかと、二人の間に親密な何かがあるんじゃないかと。そう思って不安になり、アンセルの愛情を確かめたがっていると、そういうことか？

（可愛い……）

まさか嫉妬するグレイスがこんなに可愛いとは思わなかった。想定外だ。定期的に嫉妬してもらいたくなるくらいには。だが、彼女が悲しそうな顔をすると、身が引き裂かれそうになることも事実なので、アンセルは彼女とは何もないこと、そして何か起こるなどあり得ないことを、きちんとグレイスに話そうと決めた。

そう。自分が護りたいのは、グレイスなのだ。そして彼女の不安を取り除くために、アマンダの秘密を話そうと決める。彼女は自分の伴侶なのだ。自分が唯一心から信じている存在なのだ。

そんな人間が、アマンダの秘密を他者に漏らしたり蔑んだ視線を送ることなどあり得ない。グレイスはそんなことをしない。

「わかった」

ゆったりと、愛《いと》しい人の身体を撫でながら、アンセルはきちんとアマンダとの関係を話して聞かせた。白々と夜が明けるその時まで。

終章　公爵家公認の愛人

レイドリートクリスタルを巡って起きた一連の事件は一応の終結を見た。

輸入が制限されているレイドリートクリスタルや、その他貴重な宝石類がブレイクの部屋から見つかったことから、それらをアマンダ達が不正に入手していたのではないかと疑われ、そのせいでヒューイット宝飾店も取り調べを受けた。

もちろんそんな事実などない。辟易《へきえき》するような捜査に我慢強く付き合い、アンセルとトリスタンの進言もあって晴れてアマンダ達の商いは潔白であると証明されたのはほんの二日前のことである。

こうしてようやくごたごたから解放され、更にこちらの店のめどが立ったということで、アマンダは一度レニマーノに帰国することになった。

オーデル公爵邸に立ち寄り、夫妻が不在なことから今日が彼女の出立日だと知ったシャーロットは目を丸くした。

「知らなかったのか？」

ちょうど屋敷に滞在していたケインが、公爵夫妻に代わって出迎えると、彼女はこっくりと頷《うなず》く。

「教えていただければはせ参じましたのに」

むむ、と眉を寄せるシャーロットに、ケインがひらひらと手を振った。

「仕方ないだろ。君も遠い昔に買ったとはいえ、レイドリートクリスタルを持ってたんだから」

胸元を指さされ、ぎくりと彼女が身体《からだ》を強張《こわば》らせる。そう。例の妄想を増長させたとされる宝石をシャーロットも不思議な商人から買って持っている。そんな人間がアマンダと関わりがあると知れれば面倒だと、捜査が行われている間、シャーロットは彼らとの接触を自重していたのだ。

「……私が持っているものはオカシナ物ではありません」

じとっと半眼でこちらを見つめるケインに、真剣な眼差《まなざ》しでそう訴えると、彼は肩を竦《すく》めた。

「まあ、そうなのかもしれないが……」

そこでふと思いついたように一歩前に進み出ると、頭一つ分背の低いシャーロットに、視線を合わせるように彼は腰を屈《かが》めた。

「君は本当に、俺との接点が持てたのはその宝石のせいだと思うのか？」

すっとケインの手が伸び、びっくりするシャーロットの鼻をふにっと摘まむ。

「俺がこうしてるのも、その宝石に惑わされたせい？　だとしたらこれは……君の妄想？」

言ってにやりと笑うケインに、シャーロットが真っ赤になったまま目を白黒させる。確かにきっかけはこの不思議な水晶だった。その力を信じて魔法道具店にも通っていた。だが自分がケインと話せるようになったのはこの石の持つ魔力のせいなのだろうか……？

「その怪しい宝石、捨てたらどうだ？」

シャーロットの瞳を見つめたまま、ケインが真っ直《す》ぐに告げた。それが巻き起こした騒動から忠告してくれているのだろう。うろっと視線が泳ぐシャーロットに更に畳みかける。

「そして、それがなくなっても俺のことが好きだというなら……」

少しだけ腰を伸ばし、ケインがぽんぽんとシャーロットの頭を叩いた。

「俺の目の前で倒れてくれるな」

例の練習を見ていたと、そう示しただけの台詞《せりふ》だったが、三秒とかからず彼女がふらふら～っとその場に倒れ込むから。

「レ、レディ・シャーロット!?」

焦ったようなケインの声を聞きながら、シャーロットは誓った。このクリスタルは封印しよう。今目の前で繰り広げられているこの出来事が夢や妄想ではないと、そう信じるために。これから先は自分の力で運命を切り開こう。——難しいかもしれないけれど。

すうっと目を閉じ、幸せを噛み締めるシャーロットは知らなかった。遠くでこの様子を見つめる執事にケインが懸命に「チガウ」と両手を振って必死に訴えていることを。


沢山の荷物を積んだ大型の馬車が三台、連なって通りに停まっている。その一台の前でアマンダが振り返った。

「じゃあ、向こうで可愛《かわい》い妻が待ってるからね。今回はこれで引き上げるよ」

にやりと笑ったアマンダが、見送りに来たややしんみりした表情のグレイスにそっと近づくと耳元で囁《ささや》く。はっとして視線を上げれば、こちらを覗《のぞ》き込むアマンダと視線がぶつかった。

あの日、アンセルはアマンダの秘密を話してくれた。同性しか愛せず、悩んでいたアンセルの親友と、同じ悩みを抱えていたアマンダはいわゆる契約結婚をしたと。そうしてお互い、同性のパートナーも含めて四人で良い関係を築いていた。だがそれも、アマンダの夫が亡くなったことで変わった。

アンセルは、自分がプロポーズした日にそのことを教えてもらい、二人の力になれなかったことに落ち込んだという。だが以降は、彼女の立場が悪くならないよう、全力で力を貸した。

だからグレイスが心配するような関係ではない、とアンセルは強く言い切ってくれた。今日、グレイスは初めて、きちんとアマンダを『見』た。多分、沢山の偏見と戦ってきたのだろう。こちらを見つめる眼差しには鋭さとどこか……寂しそうな色が宿っていた。

その奥には拒絶されたり、奇異の目で見られたりした過去が滲《にじ》んでいるのだろう。だがそれを知っているからこそ、戦おうとする意志も見て取れて、グレイスはここここそ言葉を選ぶべきだと思った。

思ったのだ、本当に。自分の想《おも》いをきちんと伝えたい……そう願ったのだ。

「私が女だったら絶対にアマンダさんと結婚します」

「――――え?」

「……え?」

言った数秒後、ツッコミどころ満載な返答に、かあっとグレイスが真っ赤になった。

「ち、違うんです、私は女ですよ、一応! いえ、一応っていうのも変なんですが、ええっとだからその……ええっと……と、とにかくアンセル様に出会わなければアマンダさんと結婚してました!」

力説するグレイスに、アマンダは爆笑する。

「アンセルが何故《なぜ》君を選んだのか、わかった気がする」

時折暴走して、時折トンチンカンなことをして、時折自爆する。止まることなく走っていくし、見ていて飽きないし、ハラハラするが彼女は正直なのだ。

「私も結婚していなければ、アンセルのライバルになっていたかもしれません」

ちう、と頬にキスをされ、グレイスはふわりと香った薔薇《ばら》の香りにうっとりした。そっと回された腕と触れる身体が、男性とは違って柔らかく、どきりとする。それにしてもいい香りだと深呼吸しそうになった次の瞬間。

「人の妻を誘惑しないでくれ」

ぐいっと引っ張られて振り返れば、夫が牙を剝《む》きそうな勢いでアマンダを睨《にら》み付けていた。

「何故?」

そのグレイスの腰にアマンダが腕を回す。二人の間で取り合いのような格好になるグレイスが、交互に二人を見上げていると、先に行動に出たのは夫の方だった。

「男だろうと女だろうと哺乳類だろうと魚類だろうと、グレイスの中のランキング一位はわたしでなくてはいけないからだ」

アマンダの手を丁寧に外し、アンセルは妻を両腕に閉じ込める。ぎろっと睨まれ、アマンダは喉を反らして大笑いした。かぶっていた帽子の、大きなつばがひらひらと揺れる。

「まったく。君は変わったね」

「お互い様だ」

腕の中で、グレイスは小さく笑うと「アマンダさん」と声をかけた。

「はい、公爵夫人《ユアグレイス》」

「お預けしたジュエリーのリメイク、よろしくお願いいたします」

「心得ております」

　グレイスに敬意を表すように、両膝を折って正式なお辞儀をすると、アマンダはふうっと息を吐いた。それからにっこりと大輪の花のような笑みを見せ、颯爽《さっそう》と馬車に乗り込んだ。

「それでは、公爵様、公爵夫人、またいずれ」

　扉が閉まり、車輪の音を響かせて二頭立て四輪馬車《キャリッジ》が走り出す。

「――デザイン画はレディ・シャーロットの案を使うと聞いたが、いいのか？」

　後方の窓ガラスの向こう、手を振るアマンダが見えなくなる頃にそっとアンセルが尋ねた。

「はい」

　こっくりとグレイスが頷く。ミス・ソートンにはアマンダが通告を出し、盗用したデザインの物は全て、製作者の名が公表されることになった。売り上げから使用料を払わせることで今回の件は手打ちにしたのだ。意図せず自分がフリーのデザイナーのようになってしまったことに心底嫌がっていたシャーロットだったが、ケインから「めったにないチャンスなんだから喜んでおけ」と言われて百八十度考え方を変えていた。

　あの二人がどうなるのかしばらく静観かなぁ、なんて自然と頬を緩ませながら考えていると、どうにも複雑な表情をするアンセルにぶつかり、グレイスはひょいっと肩を竦めてみせた。

「それに私、ファッションに疎い方なので、初めてできたお友達のデザインが、しばらくの間公爵家に伝わるっていう革新的な出来事の方を喜びたいです」

　こちらを見上げて、胸を張って告げるグレイスが可愛くて、アンセルは思わずキスをする。

「ア、アンセル様ッ」

「ダメだ、グレイス……今直ぐ帰ろう」

「ええ？　でもこれからお茶して帰ろうかって」

「そんな暇はない」

「なんで」

　その彼女の耳に唇を寄せてなにごとかを囁く。

「ッ！」

　真っ赤になる彼女をひょいっと抱き上げて、アンセルは自分達の馬車にすたすたと歩み寄った。

「さ、帰ろう」

「い、嫌です！　こ、こんなに明るいのにそんなこと――」

　そのグレイスの台詞に、アンセルが妖しく笑ってみせた。

「では、最愛の妻は諦めて他の女性にしようかな」

　何せわたしには、囲っている愛人と、仕えているメイドの恋人がいるからね。

　そんな楽しそうな夫の台詞に、妻は目を見張った後、思わず笑い出した。

「ではお望みの女性を呼び寄せるといたしましょう」

公爵夫妻の洗濯日和

MELISSA

心地よい秋風が緊迫した二人の間を吹き抜けていく。

「もう終わりにしましょう、アンセル様」

少し離れた所に立つ夫に向かって、グレイスは声を張り上げる。胸を張り、不敵に微笑《ほほえ》む妻を見て、アンセルがすっと目を細める。

「そう言われて、はいはいと引き下がるわけにはいかないんだよ、グレイス」

二人の間にばちばちと火花が散り、緊張感がいやがうえにも高まっていく。

天気は快晴。秋晴れの天《そら》の高い所をトンビが鳴きながら飛んでいき、その少しのどかな声音が消えた瞬間、グレイスは綺麗《きれい》な灰色の瞳をかっと大きく見開いた。

「いいえ、これでおしまいですわ！」


社交行事――それは現在、グレイスが二の足を踏み、自分が開催するのを躊躇《ためら》っている上流階級では日常的に行われる行事である。

様々な趣向を凝らした夜会や舞踏会が、議会が開かれ王都に貴族が集まる期間では連日開催され、それ以外の時期には領地でのハウスパーティが各地で催されたりする。そこに招待された上流階級の面々を、主催者は心からもてなし、親睦を深めようというのが狙いだが、グレイス的にはマウント合戦を繰り広げるのが主だと考えていた。

実際は人脈を作ったり、より良い方向に己の領地を改良するための意見交換をしたり、世の中を動かしていく議会の根回しをしたりと、閉鎖的になりがちな世界に風穴を開ける目的もあったりする。だがまあ、グレイスの考えるマウント合戦もあながち間違いではない。一応は己の権力を誇示する場でもあるからだ。

そんな中、一度もパーティを開いたことのない、新米公爵夫人は義母と義姉に「そろそろあなたも開いてみたら？」とハウスパーティの企画を提案された。折よく、夏に頼んだ公爵家のジュエリーが美しくリメイクされてグレイスの手元に戻ってくる。それをお披露目するために開催したらどうかというのだ。場所は王都から少し東にあるオーデル公爵領。そこに親戚や仲の良いお友達を招待して、一週間ほどのんびりするというものだ。

「確かによく知る人と楽しくわいわいやるのは良い案だと思うし、私もこの数日楽しかったわよ」

応接間に下がる、豪華なカーテンのタッセルを引っ張りながら、グレイスは窓の外を眺めてうつうつとした表情で零《こぼ》した。

「そうですね、奥様は本当にご立派でした」

後ろでせっせとお茶会の用意を指揮するミリィが感慨深げに呟《つぶや》き、その台詞《せりふ》にグレイスは遠い目をした。

「そうよね……いらっしゃったお客様がエッセル伯爵夫妻とシャーロット、宝石を持ってきてくれたミズ・アマンダとご友人のミズ・キアラ。それからうちの両親と弟。それだけならなんとかなりそうだったのに、そこにアンセル様のご友人のスノー侯爵様と、侯爵様の友人のソードレーン男爵様、妹のレディ・ティナと人数が倍になっちゃった時はどうしようかと思ったもの」

本当に大変だったわ、と窓を離れてソファの上に倒れ込む主《あるじ》に、うんうん、とミリィが頷《うなず》く。

「仕方ありません。スノー侯爵様とソードレーン男爵様は公爵閣下《ユアグレイス》のご友人でお取引相手でもありますし、この間リムベリーの港町に立ち寄った際、近くにあったソードレーン領にはグレイス様も行かれているではありませんか」

ミリィのもっともな指摘に、うぐっとグレイスは言葉に詰まった。

この春から夏にかけて、グレイスとアンセルを巻き込んだ騒動の裏に、レイドリートクリスタルが絡んでいた。その出所がどうやらリムベリーの港町ではないかと知ったアンセルが調査に出かけ、それにグレイスはくっついていった。ウォルターの件でお世話になった宿屋の女将《おかみ》さんにちゃんとお詫《わ》びもしたかったし。

その際に、アンセルが友人のスノー侯爵と件《くだん》の宿屋で出会い、彼が逗留《とうりゅう》しているソードレーンに向かったのである。そこで男爵と妹さんにおもてなししてもらったのに、返さないのも失礼だとアンセルが三人を招待したのである。

グレイスも、もちろん不満があるわけではない。お世話になったのだから、お返しするのが当然だと思っている。だがホストとしてたくさんの客人を一度にもてなすのは話が違うではないか。

「ねえ、ミリィ……私、白髪になってない？」

もとから猪突猛進《ちょとつもうしん》で行き当たりばったりを信条としているグレイスは、深く考えるのが大の苦手だ。なので、こうしたパーティを企画し、長期にわたって気を使い続け、滞りなく催し物の進行を促すなどというのは拷問でしかない。不貞腐《ふてくさ》れたようにクッションに顎を押し付けて、忠臣といっても過言ではない侍女を上目遣いに見上げて尋ねると。

「とても綺麗なミルクティ色です」

夫に言われるのと同じ色味を言われ、グレイスはうぐっと口をへの字に結んだ。それから謎の呻《うめ》き声を上げてクッションに顔をうずめた。

「七日間の晩餐《ばんさん》の手配は得意だからいいの。食べるの好きだし。でもね、一日目、カードゲーム大会、二日目、簡単な舞踏会、三日目、音楽会ときてもうやることなくなっちゃったわよ」

「本日は自由時間ですものね。皆様、領地内や街を散策なさってます」

「……でも帰ってきちゃうじゃない」

ぼそっと漏らされた一言に思わずミリィが吹き出した。

「当然ですよ、一週間の計画なのですから」

「あ～～～私もお出かけしたい～～～」

じたばたと足を動かす主の、それが本音かと遅まきながらミリィは気づいた。

なるほど、我が主はホストとして裏方に徹するのが苦手なのだろう。いや、そういっては主の名誉にかかわる。訂正。我が主は、みんなが楽しんでいることを同じように楽しみたいのだろう。

どうしたってホスト側は、気を配るのがメインになる。常に先回りして皆を誘導しなければいけない。だがグレイスはどちらかというと考えるのが苦手なので、みんなでわいわい、輪の中で次を考えるのが好きなのだ。だが、公爵夫人としてなんとか踏みとどまっている。実家は貧乏伯爵家だったので、パーティなど開いたこともないと零していた主を思い出し、ミリィはふむと顎に手を当てて考えた。

五日目にはいよいよシャーロットがデザインし、アマンダが手がけたグレイスのための宝飾品がお披露目される。それに伴った舞踏会がある。六日目は乗馬大会を予定しているので夜には晩餐だけだ。七日目はおのおのが帰宅するため、企画はなし――これがグレイスの考えたハウスパーティでお客様をもてなす趣向である。

しくしくしく、と大げさに泣き真似《まね》をするグレイスをちらりと見て、ミリィは溜息《ためいき》を吐《つ》いた。

この間、女主のグレイスは準備の指揮をしたり、ドレスを新調したり、お客様のご要望に応えるようきりきり舞いをしていた。家政の采配は得意だし、掃除洗濯料理なんでもできる。ただ、「気を配る」のが苦手なのだ。自分の至らぬところを数え上げているグレイスに、「仕方ありませんね」とミリィが腰に手を当てて告げた。

「本日は、自由時間です。皆さま屋敷で好きなように楽しまれているでしょうから、そのお世話は各人がお連れになった使用人で十分賄えます。なのでグレイス様も本日は好きになさ――」

「ありがとう、ミリィ！」

「お、奥様!?」

ソファから飛び降り、うわあい、と抱きつく主にミリィは遠い目をした。全くこの主様は……とそう思うが致し方ない。この、なんともフランクで誰にでも分け隔てのないところがグレイス様のイイところなのだ。

「晩餐までには帰ってくるんですよ～」

まるで母親のようなミリィの台詞を背中に聞きながら、グレイスは「はーい」と良い返事をして颯爽《さっそう》と応接間を飛び出していったのである。


さて、今日一日お休みを貰《もら》ったから何をしようかな、とスキップするグレイスはふと図書室のドアが開いているのに気づいて立ち止まった。そっと中を覗《のぞ》くと、元から仲が良かったらしいシャーロットとソードレーン男爵の妹、レディ・ティナが何やらテーブルの前で考え込んでいるのが見えた。

「お二人とも、いかがなさいました？」

ひょいっと顔を出して声をかけると、はっとシャーロットが顔を上げた。

「ああ、グレイス様！」

慌てて立ち上がる二人に「やめてよ」とグレイスは眉を下げて情けない顔をした。

「二人とも私のお友達でしょう？　かしこまるのは厳禁」

すたすたと近寄り、顔を見合わせて笑う二人が覗き込んでいる物に視線を落とした。

「これは……メモ？」

「そうなんです、グレイス様。私とティナはいわゆる創作仲間でして。私はケイン様への熱い想《おも》いが具現化した妄想を形にするのが日課になっていたのですが、ティナも実はそうした創作活動をしてるんです」

「そうなの？」

顔を上げると、ピンクがかった赤毛のティナが厳かな表情で胸を張った。まだ十八歳とは思えない、何かを悟ったような表情に少し驚く。

「そうなんです、公爵夫人《ユアグレイス》」

「グレイスでいいわ」

「ではグレイス様……私もここ何年もずっと妄想を書き溜《た》めてきたのです」

それは叶《かな》わぬ恋の物語で、永遠にくっつかない二人を書いてきたのだという。

「それは……フラストレーションが溜まりそうね……」

思わずそう告げると、くわっと目を見開いたティナががしいっとグレイスの手首を掴《つか》んだ。

「そんなことありません、グレイス様！　二人が互いの想いを秘めたまますれ違う……そう、両片想いの物語なのです！　互いを想うがあまりに本当のことが言えず、聞けず、思い込みですれ違う」

……どこかで聞いたことのある内容だと、グレイスは遠い目をする。それがどれだけ大変だったかを思い出して……なんとなくだが胸が痛くなった。

「うんうん、悲しい……物語ね」

「でもそれももうすぐハッピーエンドなのです」

「え!?」

それは急展開だ、とグレイスが驚くと、ティナとシャーロットが、自分達が見つめていた紙面をそっと差し出してくれた。そこには色々な名前と単語、記号が矢印で繋《つな》がったり離れたりしていた。

「これは一応話の流れを整理したものなのですが、ここにきてイマイチ主人公の気持ちがわからなくて」

片頬に手を当てて、ほうっとティナが溜息を零した。

「私、今年社交界にデビューしたばかりで、あまり恋愛事について知らないのです。それで彼らの行動原理にリアリティがあるのかどうなのか迷ってまして」

そこでシャーロットに相談したのだが、彼女が持っているのは主にケインに対する情熱ばかりなので、お付き合いをしている恋人達の心情を掴み切れないのだという。

差し出された紙を眺め、人の名前がハートマークで繋がるまでに、どうやら物凄《ものすご》い波乱万丈があったらしいと読み解いていたグレイスは、ふと視線を感じて顔を上げた。きらきらしたティナの緑の瞳に嫌な予感がする。

「そうしましたら、シャーロットが公爵夫妻を観察しているとためになることがたくさんあったとそう言ってまして」

「え!?」

ふと思い出す。しばしばシャーロットがグレイスとアンセルのことを何やら手帳やダンスカードにメモしていたのを。

「どうか是非！　グレイス様の恋愛遍歴や公爵様のどこがお好きで、どのようにお互い想い合ってるのかお聞かせいただけませんか!?」

ぎゅっと両手を握り締めて、きらきらした眼差《まなざ》しを向けてくるティナに、グレイスは言葉に詰まった。というか……自分の恋愛遍歴など、アンセルとのものしかないし、彼のどこが好きかと言われると……いわれると……イワレルト……。

（…………あ、あれ？）

アンセルが自分のどこに惚《ほ》れたのか、それが知りたいと常々思っていた。だがよく考えると自分は一体アンセルの何が好きなのか……考えたこともなかったことに気が付いた。

好きなものは好きなのだ。彼の役に立ちたいし、自分を奇跡的にも好いていてくれるアンセルの期待に応えたい。彼といると安心するし、何より笑いかけられると心がふわりと浮き立つ。

（でもそれって……私がアンセル様に好意を寄せられているから好きになった、ってことよね？）

ひやり、と何かが心の端を掠《かす》めて、グレイスはぎくりと背筋を強張《こわば》らせる。

「やはり、グレイス様もシャーロットのように運命的な何かを会った瞬間に感じたのですか!?　電撃が二人の間に走ってこの人しかいないとそう思われたのですか!?」

ずいっと身体《からだ》を寄せてくるティナに、グレイスは「えーっと……」と答えを濁す。この人が私を好きなんだ、と思って嬉《うれ》しくなった。身体が熱く心が浮き立った。その原因は……何？

「…………いや……あの……アンセル様の好きなところっていうのは……ひ、一口には言えなくて……」

しどろもどろになるグレイスに気付いたシャーロットが、さりげなく助け船を出す。

「ねえ、ティナ。百聞は一見に如《し》かずともいうでしょう？　お二人を見ればすぐにわかるから。恋人らしさっていうのはどう表現したらいいのか」

へ？　と目が点になるグレイスを他所《よそ》に、ティナの顔がぱあっと明るくなった。

「まあ、それは良いアイデアですわ！　グレイス様、もしなんのご予定もないのでしたらご一緒させていただいても構いませんか!?」

ティナがぎゅっとグレイスの手を握り締める。彼女の屈託ない、緑の瞳に見上げられて、一瞬でいろんなことを考えた彼女は不意に、良い機会かもしれないと思い直した。今からアンセルを探して、友人達とくつろいでいる彼を観察する。その中で、グレイスがアンセルに惚れた理由が見えてくるかもしれない。

「まあ……私とアンセル様のやり取りが何かのお役に立つのなら引き受けても構いませんけど……私としてはケイン様に並々ならぬ情熱を燃やすシャーロットを見てる方が参考になると思うけど」

「グレイス様ッ」

真っ赤になって叫ぶシャーロットに「自分だけ標的にされてなるものか」と笑みを返し、グレイスは「そうと決まれば」と見ていた用紙をティナに返した。

「まず、彼らがどこにいるのか探してみましょう」


窓から見渡せるほとんどの部分がラングドン館《ホール》の敷地内であり、屋敷にほど近い場所にある雑木林の縁を、小川が流れていた。そこにかかるレンガの橋の上でケインとスノー侯爵が、屋敷から持ち出したベンチに座って釣りをしていた。

日よけのボンネットをかぶり、歩きやすいよう編み上げブーツとやや丈の短いデイドレスに着替えた三人が、彼らに向かって歩いていく。

「グレイスと、レディ達」

年若い令嬢が集まれば、きゃあきゃあ華やかな声が上がりそうだが何故かこの集団は、彼らから数メートル手前で歩みを止め、二人を遠巻きに見つめてひそひそ小声で話している。

その様子が気になったケインが思わず声をかけると、ぱっとひそひそ声が止まった。オカシナ令嬢集団だな、と思いながらもケインはその中でひときわ異彩を放つグレイス《義姉》に視線をやった。

「兄さんを探してるんなら、この先でジーニアスに野球を教えてるよ」

その言葉にグレイスは目を見張った。ジーニアスとはグレイスの弟で、十歳の次期伯爵だ。彼はグレイスと少し違って本の中に世界を見出《みいだ》すような、学者肌の父に近い性格をしていた。ただ、行動力が多少抑えられているからと言って、基本的にはグレイスと変わらず、興味のあることには突っ走っていく傾向にあった。

本の中の出来事が本当なのかどうなのか、検証したいというタイプだ。

「あの子、野球になんか興味あったのかしら」

「グレイスは好きそうだね」

思わず零れた呟きに、にっこり笑ってケインが告げる。とグレイスの背後からひゃあああ、という溜息とも悲鳴ともつかない声がした。笑顔に興奮しているのだろうか。誰のものかは大体わかるので、ケインもグレイスも取り敢《あ》えず聞かなかった振りをする。

「そっちは？　釣れましたか？」

聞きながら二人の間に置いてあるバケツを覗くと、綺麗な魚が数匹泳いでいるのが見えた。

「まあ、晩のおかずだわ！」

「……グレイス……」

呆《あき》れるケインの横で、スノー侯爵が笑った。

「リアムから貰った羊の毛のルアーがとてもいい感じでね。アユがたくさん釣れましたよ」

兄、リアム・イグジッドの名が出て、「まあ」とティナが口元に手を当てた。

黒髪に金色の瞳のスノー侯爵こと、センディル・ハーヴェイは次期公爵で、未婚のご令嬢の間でアンセルと同等の人気を誇っていた。

そんな人が兄の友人だというが、ティナは侯爵に興味がないらしく、どちらかというと兄が作ったルアーを見て目をきらりと輝かせる。

「それは今すぐ売れそうな出来栄えと捉えても？」

「そうだな。釣りを趣味にしてる連中は貴族の中にも多い。性能はわたしが保証するよ」

寡黙で社交界でも冷たい印象が強い彼が、笑顔でそう告げる。だがティナ的には「スノー侯爵の笑顔」より「侯爵のお墨付き」といった方に関心が高いようだ。

関係ないが、ソードレーンは元は鍛冶職人だった先々代が、彼の打った剣で国王が大健闘をした、というので男爵位を拝領することとなったいわゆる成り上がりだ。そのため、貴族とは言えないほどの貧乏領だったが、現当主のリアムが羊毛産業を立ち上げて今では繁栄を誇っている。だが貧乏生活が長かったためこの兄妹《きょうだい》は商売っ気が強い。

「兄さまに即、連絡いたします！」

採算を考えながら敬礼するティナに、軍の幹部でもあるスノー侯爵が苦笑いをする。その横でケインが「ソードレーン男爵も兄さんと一緒に野球をしてるよ」と教えてくれた。

その台詞にグレイス一行は当初の目的を思い出す。グレイスはアンセルに惚れた理由を、ティナとシャーロットは創作のヒントになるような出来事を探し出す……そうだったそうだった。

「そうですわ、公爵夫人《ユアグレイス》。我々の最大の目標はこの先です！」

シャーロットがずいっと一歩踏み出して橋の向こう、雑木林の奥を指さす。

「あのね、シャーロット……アンセル様がいるからといっていちゃいちゃする気は……まあ、いいわ。私もアンセル様が今、何をしているのか気になるし」

行きましょう、と告げ、顎を上げて歩き出すグレイスに、二人が再び「きゃあああ」と謎の声を上げる。それからまた何やらひそひそ、今度は三人で話し出すからケインはなんとなく……なんとなぁく、嫌な予感がした。

「彼女達、何を企んでるんでしょうね」

思わず隣に座るスノー侯爵に尋ねると、諜報《ちょうほう》部に籍を置く彼がバケツを手に立ち上がった。

「それを我々は確かめに行くべきだな」


「よし、次は捕球だな。今から球を打つから、しっかり走って捕るんだぞ？」

はい、と良い返事をしてジーニアスがてててて、と数メートル離れた先に走っていく。上着を脱いで、ウエストコートにシャツの袖をまくり上げただけのアンセルがひょいっと革製の球を放り上げてぽん、と打った。長い放物線を描いて飛んだ球を追いかけてジーニアスが駆け出すが、いかんせん、あまり身体を動かしたことがないため走り方がへろへろしている。

橋からやってきたグレイスは、弟が球を見上げてくるりと向きを変え、後ろ向きに走る姿に少しはらはらした。あのままでは、足をもつれさせて尻餅をつく……と思った瞬間、本当に後ろ向きにひっくり返った。あちゃーっと額に手を当ててしまう。

「あの子、運動が苦手なのよね……」

やれやれ、これはアンセル様もさぞがっかりしているのでは……と夫に視線をやれば、彼は「惜しい！　もうちょっとだぞ！」と励ましの声をかけていた。

（あら……）

頑張れ！　筋がイイ！　とむしろ応援するその様子をぼんやり見つめていると、ぐいーっとスカートを引っ張られてグレイスは慌てて振り返った。見れば、シャーロットが興奮した様子で芝生の一角を指さしている。

「グレイス様、あれを見てください！」

「え？」

目を凝らすと、草原に広がる黄色い毛布の上に、二人の人間が座っているのが見えた。ミズ・アマンダとミズ・キアラだ。彼女達もこちらに気付いていて、我ら愉快な三人組に手を振っている。

「アマンダさん……まさか公爵様と一緒にいらっしゃるとは！」

シャーロットの呻くような物言いに、ふとグレイスは彼女達のことをシャーロットもティナも知らないのだと気が付いた。だが、それを言っていいものか判断がつかないので普通に振る舞うことにする。

「いやだわ、シャーロット。アンセル様はジーニアスを鍛えるのに手いっぱいだし、見てよ、どちらかというとソードレーン男爵の方がアンセル様と一緒にいるじゃない。怪しむならそっちよ」

揶揄《からか》うようなその台詞に、しかし何故かはっとしたようにティナが胸を押さえ、俄然《がぜん》興味が湧きました、と二人を観察し出す。「これは新しい……なるほどなるほど……」と謎の呟きを漏らし、どういうわけかその場に留《とど》まるよう、足の重くなるティナを二人で引っ張りながら、彼女たちはアマンダとキアラの元にたどり着いた。

「皆さんご一緒だったんですね」

そう告げるグレイスに、アマンダが肩を竦《すく》めた。

「一応誤解のないように言っておくが、ここでキアラとピクニックをしていたら、向こうが野球をしに来たんだよ」

「そうなんですね」

でも何故、野球をしたいと弟が言い出したのか……不思議に思いながら彼らを見ていると、再び飛んだ打球をジーニアスが取り損ね、後ろに控えていたソードレーン男爵が拾って彼に投げ返していた。男爵は何かを叫んでいる。それを聞いた弟は顔を上げて、ぐいっと目元を拭うと、その灰色の瞳をきらりとさせてこっくり頷いた。

「もう一回、お願いします！」

こちらにまで聞こえる声で叫び、構える弟にグレイスは何故か感動した。ちょっと見ない間に、弟は大きくなっている。のんびりした両親のところに残してきて良かったのだろうかと少し心配だったが、再び打ち上げられた球を捕るべく走り出す姿に、無用だったかと少し寂しくなった。

自分の生活は、この春から激変した。それに伴い、グレイスの実家、ハートウェル伯爵家での生活もまた激変したのだろう。

「弟さんはとても頑張ってますわ。公爵閣下のしごきに耐えているのですから」

そう告げるのは、綺麗なウエーブのかかった栗《くり》色の髪をふんわりと結い上げ、くるん、とカールしたおくれ毛が可愛《かわい》らしい、キアラだ。男らしく堂々としたアマンダとは正反対のふんわりおっとりしたタイプだが、アマンダ曰《いわ》く毒舌家な一面もあるという。

「最初にキャッチボールをしてましたけど、ボーリングかと思いましたもの」

うふふ、と笑って告げる彼女に、確かに皮肉屋な一面があるのかもしれない、とグレイスは乾いた笑みを返す。だが逆にその程度の野球の能力しかなかった彼が、今度はちゃんと球を捕り、上手に投げ返している。

少年のあっという間の成長と、それに根気よく付き合っているアンセルの姿に思わず見入っていると、返球に失敗した球が、ぽんぽんぽん、と弾んでこちらに転がってきた。軌道を目で追っていたアンセルが振り返って顔を上げる。

「グレイス！」

遠くでもわかるほど……そしてこの場にいる全員から生暖かい視線を貰うくらいの笑顔をアンセルから送られて、グレイスは耳まで赤くなる気がした。

この旦那様は自分の想いを隠そうという素振りが一切ない。

（まったくもう……）

居た堪《たま》れなくなるような視線を背中に感じながら、グレイスはひょいっと球を拾い上げて、ぽんぽんとボールを掌《てのひら》の上で弾ませた。それからふと、アンセルを驚かせてやろうという気になり、グレイスは掴んだ球をえいっと投げて返した。そこそこ綺麗な投球フォームと、意外すぎるスピードで返ってきた球にアンセルが目を見開いた。

「君は野球もできるのか」

「領地でよく、幼馴染《おさななじ》みと遊びましたから」

瞬間、アンセルの頬が引きつった。幼馴染み……それはアンセルの中で未《いま》だ未知の領域を占める存在だ。会ったこともない存在に嫉妬するなんて馬鹿げているとそう思うが、感情に靄《もや》がかかるのだから仕方ない。

「野球をやったのかな？」

何故かジーニアスに球を返すことなく、アンセルは傍《そば》に置いてあったグローブを取り上げるとすたすたと歩いてグレイスにぽん、と手渡した。じっとそれを見つめた後、にやりと笑ったグレイスが片手にはめる。スキップするようにして夫から距離をとり、グレイスは自信満々にアンセルに向かって球を投げた。

「はい、やったことがあります」

「それは、ちゃんとした試合？」

「そうですね」

「……女の子同士で？」

「男女混合でやったりしました」

自分達の輪に混じる伯爵令嬢。その彼女と一緒に走り回ったり、楽しそうに笑い転げたり、時には悲しそうに泣いたりしている姿を一瞬で妄想し、アンセルがぐっと奥歯を噛み締める。

正直言って——うらやましい。グレイスと一緒に遊んだという男子全員うらやましすぎる。

「……アンセル様？」

キャッチボールを一方的にやめて、うう、と片手に顔を埋める彼に首を傾《かし》げたグレイスが近寄ろうとする。と、ぱっと顔を上げたアンセルが「ならわたしとも野球をするべきではないか!?」と大声でのたまうから。

「——……えぇっと……」

「ジーニアスの成長ぶりを姉である君も確認すべきだ！　わたしと！　一緒にッ！」

ぐっと拳を握り締めるアンセルの声に、ぱあっと弟の顔も光り輝いた。

「そうです、ねえさま！　僕、野球がほんのちょっとできるようになりました！」

てててて、と走ってきて、ぽふっとアンセルの腰に抱きついたジーニアスが顔を上げる。

「僕、だいぶ強くなりましたよね？」

「ああ。そうだよな、ソードレーン」

話を振られた、赤毛に緑の瞳の男爵、リアムがこくりと頷いた。

「それはもう。誰にも負けない強さがジーニアス卿《きょう》にはありますよ」

ね、と笑顔で覗き込まれ、更には大人扱いされたことにジーニアスの頬が紅潮し、胸を張った。

「そうです、ねえさま！　僕と勝負です！」

なんだかグレイスを他所に盛り上がる大人二人と十歳児一人を見つめながら、グレイスはふと、こんな風に子供じみて笑うアンセルもいいなぁと思ってしまったものだから。

「レディ・グレイス？」

いつの間にか傍に立っていたアマンダに肩を叩《たた》かれて、はっとグレイスが身体を強張らせる。ぎぎいっと軋《きし》んだように振り返ると、にやにや笑う彼女が、心の底から興味津々という様子でグレイスの顔を見ていた。

「それで、アンセルの要望を受け入れるのかな？」


使用人に道具の用意と審判を頼み、待つこと三十分。アンセルとグレイスはそれぞれキャプテンとなって二チームに分かれた。チーム・アンセルはジーニアスとソードレーン男爵、それからキアラとシャーロットの五人。対するチーム・グレイスはケイン、スノー侯爵、アマンダにティナだ。投手は女性もバッターにいることから女性が務めることにした。

グレイスチームの投手、アマンダの好投により初回、二回とアンセルチームは点を取ることができなかった。対して、アンセルチームの投手、キアラも外見に似合わぬ速球を投げたため、試合は拮抗《きっこう》。

三回にアンセルチームが、必死に走ったジーニアスとシャーロットが三点をもぎ取り、グレイスチームも健闘して一点を返したがなかなか追いつけず、とうとう最終回を迎えてしまった。

奮闘するアマンダがキアラ、シャーロットを三振とサードフライに打ち取り、ツーアウト。

次に打席に立つソードレーン男爵は、セカンド方向にヒットを打った。ワンバウンドした打球をケインが横っ飛びに飛んで掴むと、そのまま一塁のグレイスに向かって投げようと顔を上げた。

その瞬間。

「!?」

グレイスの横をひゅん、と風のように何かが走り抜けた。思わず塁を見れば、あっという間に一塁にたどり着いた男爵の姿が。

唖然《あぜん》とするケインとグレイスを尻目に、特に息を切らした様子もなく、男爵が歓声を上げる待機場所のアンセルチームに向かって手を振った。

「ロード・ソードレーン……足が速いんですね」

思わずグレイスがそう言うと、彼はちょっと照れたように笑った。

「羊を追うので鍛えられました」

「あ、羊毛業が盛んですもんね、ソードレーンは」

「そうですそうです。冬には素敵なショールも売り出しますし、いかがですか？　公爵夫人」

にこにこ屈託なく笑う男爵の提案に、ふと、これから寒くなる季節にふわふわのショールもいいなぁ、なんて考えていたグレイスはバッターボックスから「そこ！　何を話している！」という夫の声を聞いて我に返った。むーっとこちらを睨《にら》んでいるアンセルがいる。

「最後はアンセル様ですか」

「そうですね……まあ今、ツーアウトですから僕は公爵が打ったと同時に走ります」

シャツの袖をまくり上げて告げる赤毛の男爵に、む、とグレイスが口をへの字にした。次の回でグレイスチームが二点取らなければ負けてしまう。ソードレーン男爵は俊足だ。ちょっとしたヒットでもあっという間に三塁に行ってしまうだろう。下手したら足だけで一点取られてしまう。

そっと投手をうかがえば、アマンダの肩が上下していた。ここでアンセルに特大なものを打たれたら二点入ってしまう。それだけは阻止したい。

（……アンセル様だけ抑えればいいのよね？）

そう、彼を三振なり打ち取るなりすればこの回は終了だ。彼だけ抑えればいい。アンセル様だけ。

そこでグレイスが「はい！」と全員に聞こえるように声を上げた。

「ピッチャー交代します！　アマンダさんの代わりに、私、グレイス・クレオール・ラングドン！」

のどかな秋の午後。トンビの声が天から降ってくる。アマンダと代わったグレイスがアンセルの前に立ちふさがった。

「グレイス……」

「もう終わりにしましょう、アンセル様」

バッターボックスに立つ夫に向かってグレイスが声を張り上げる。アマンダから受け取ったボールをぎゅっと握り締めて不敵に微笑む妻を見て、アンセルがすっと目を細めた。

ぐいっと袖をまくり上げ、こんこん、とバットヘッドを地面に当てる。それからすいっとバットを持ち上げてびしりと真っ直《す》ぐにグレイスに向けた。

「そう言われて、はいはいと引き下がるわけにはいかないんだよ、グレイス」

二人の間に火花が散る。天をのんびりトンビが舞っているが、地上は嵐の予感だ。

「いいえ、これでおしまいですわ！」

お腹《なか》の底から声を上げ、グレイスはお腹の辺りにボールを持つと、綺麗なその左足を蹴るようにして振り上げた。

「な」

グレイスのスカートの下に穿いているペチコートの層がさらさらさら〜っと上から下になだれ落ちる。ほんの少し脚が見え、アンセルはぎょっとした。

「グレイス！　そんな風に脚を上げる必要は——」

動揺し、叫ぶアンセルを横目にグレイスが腕を振り下ろした。ぱしんっ、と球がスノー侯爵が構えるキャッチャーミットに吸い込まれた。

ストラーイク、と後ろに控えていた審判役の使用人が声を上げた。

「さすが公爵夫人。お見事です」

友人が感心したように告げるのを聞き、ぴき、とアンセルのこめかみが引きつった。

「だろう？　さすがわたしのグレイスだッ」

自分相手に牽制《けんせい》をするとは、と内心おかしくなりながら、侯爵は夫人に返球しつつにやにや笑う。

「だが今はわたしが彼女の捕手《パートナー》だな」

ぐ、と呻き声がアンセルから漏れた。目に見えて不機嫌に、苛立《いらだ》たしげになる友人がおかしくて仕方ない。昔はこんな風に誰かのために熱くなったりするような男ではなかったというのに。

再びグレイスが足を振り上げ、ふわふわ～っと風にスカートの端が揺れる。すぐ降ろすから太腿《ふともも》まではスカートがめくれることはないが、ふくらはぎがちらりと見えて、アンセルはあれが自分の後ろにいる侯爵にも見えていることに気が付いた。

途端、もう二度と絶対彼女のふくらはぎを他人の目に晒《さら》してなるものかと、飛んできた球を勢いよく打ち返した。だが焦っていたためバットの芯を外れてしまい、スイングとは反対に打球には勢いがなかった。

「!?」

それでも投手であるグレイスの横を打球が通り過ぎる。はっと振り返ると、ファーストを守っていたアマンダが球を追って走り、抜けていこうとするそれにぎりぎりで追いつくのが見えた。

アンセルはファースト目指して走っている。一塁の守り手がいないことに気付いたグレイスが大急ぎでカバーに走り、ワンバウンドした打球を捕ったアマンダが、走る彼女に球を投げた。

（落ち着いてッ）

アマンダからのボールを受け止めたところで振り返ると、こちらに向かってくるアンセルが見えた。

そのまま一塁に突っ込む彼がセーフになれば、既に二塁を回っている俊足の男爵が、下手したらホームに還《かえ》ってきてしまう。絶対にアンセルをアウトにしなければいけない。

グレイスが先に一塁ベースを踏めばアンセルはアウトだ。

アンセルが先かグレイスが先か。

二人揃《そろ》って一塁ベースに走り、どっちも負けず嫌いで譲る気はなく、同時に大地を蹴って身を投げ出すから。

「！」

倒れ込む衝撃が身体を襲う……はずが、何故か柔らかなものの上に着地をしていて。

はっと顔を上げると、自分の身体の下にアンセルの腕が……そのまま引き寄せたアンセルの腕に沿って、ころっと抱き寄せられる。もぐもぐとアンセルが何か囁《ささや》き、「へ？」とグレイスが目を見張る。と、顔を上げたアンセルが、乱れた前髪の下から真っ直ぐにグレイスを見た。

「判定は⁉」

はっと傍に立つ塁審を見れば、厩番《うまや》の青年はアンセルの腕が一塁に届いていないのと、それからグレイスのスカートが一塁にかかっているのを見て親指を前に突き出した。

「アウトです！　スリーアウトチェンジ！」

「⁉」

顔を見合わせる。

うわああい、とグレイスが先に声を上げた。鼻の頭に土をつけ、座り込んで諸手《もろて》を上げて喜ぶ彼女を目を細めて眺めた後、アンセルは彼女をひょいっと抱き上げて歩き出した。

「喜んでいるところ申し訳ないが……アウト判定にスカートはおかしくないかな？」

「おかしくありません～、スカートも立派な私の一部です～」

「一部って、このひらひらが君の一部だとそういう――……なるほど……そうか」

「ちょっと、何してるんです!?」

「堂々とグレイスに触れられるチャンスだなと思って」

言いながらアンセルが、グレイスの背中を撫《な》でたり肩の辺りに顔を埋めたりを始める。きゃあきゃあ言いながらホームに戻ってくる二人の、自然と仲良しな様子に、同じく三塁を回ってホームにいた男爵が「あのう」と声をかけた。

「もしかして……この感じだと……試合はこれで終わりです？」

それに、二人同時に答えた。

「まだだ」

「まだですっ！」


「結局負けちゃいました……」

「そうだな」

「……嬉しそうですね、アンセル様」

「そうかな？」

試合はそのまま最終回でも得点を返せず、結果チーム・アンセルの勝利となった。喜ぶジーニアスに苦笑していたグレイスは、ふと、三人とも土埃《つちぼこり》の中にダイブしたため、着ていた服が泥だらけになってしまっていることに気が付いた。ジーニアスだけならまだしも自分とアンセルもだ。

（このままではミリィに殺される……！）

ジーニアスはいってもまだ子供なので、汚れても「お元気ですねぇ」と微笑ましく笑って済ませてもらえるが、自分達はそうはいかない。公爵夫妻が何をなさっているんですか⁉　と言われないよう、グレイスは弟を家政婦頭に任せると、アンセルの腕を引っ張って屋敷の裏手に回った。

「そんなに楽しいですか？　お洗濯」

「設備としては知っていたが、やっているところをきちんと見たことがなかったからね」

公爵様がまさかこんな最下層までやってくるとは、と洗濯部屋に現れた二人にメイド達はびっくり仰天していた。洗ったばかりでこれから侍女に手渡す衣類を受け取り、さっさと着替えたグレイスとアンセルは、今しがた汚してしまった衣類を洗ってもらっている。

既に仕事が終わっていた彼女達に特別手当を約束したアンセルは、興味深げに洗濯の手順を見ていた。まずは水で衣類をすすぎ、固形石鹸《せっけん》やブラシを使って汚れを落とす。それから沸騰したお湯に洗濯物を入れて、使用人三人くらいでお湯を掻《か》き回した後、衣類を取り出して水を絞り、干すという手順だ。

お湯の入った大きな釜には、掻き回すための、ハンドルがついた羽根のようなものがついていて、それを回すと釜の中に水流が起きる。ハンドルは大きくて重いので、二人がかりで押して回すのだが自分達の衣類数枚でも結構な重労働である。

試しに押してみたアンセルは、もう少し軽く改良ができないものかと、本気で考え込んでいた。

こうして洗った物を脱水用の金属製の機械に持っていき、挟んでハンドルを回す。下のローラーが回って衣類が移動し、ローラーと金属の板に挟まれたそれから水がしたたり落ちる仕組みだ。

こうして洗われた衣類やシーツの数々が、屋敷の裏手に張り巡らされた洗濯用の紐《ひも》の先にぶら下がっている。シャツにズボンだけという姿で、脱水機の仕組みに目を通したアンセルは、洗濯部屋の開け放たれた扉の向こうに目を細めた。

「私、お洗濯も好きなんですよねぇ」

扉を抜けた先、裏手の石段に腰を下ろしていたグレイスは、背後に立つ夫に、どこかのんびりした口調で告げる。彼女は風にはためく洗濯物を眺めていた。その隣にアンセルが座り、長い脚を持て余すかのように片膝を立てた。そこに腕を置いた彼がじいっとグレイスの顔を見た。

「君といると、わたしの世界はどんどん広がっていく」

満足そうに告げるアンセルに、「ええ?」とグレイスが頬を膨らませた。

「普通の奥様ではなくて申し訳ないですね」

「普通の奥様を貰わなかった自分を褒めたいよ」

ちょん、と鼻の頭をつつかれ、更にはにこにこ笑いながら爽やかな秋の風に空を見上げる夫に、グレイスはじんわりと胸の奥が温かくなるのを感じた。

今日一日で随分、アンセルの知らないところを知ることができた。

十歳の弟に真剣に向き合ってくれて、かと思ったら子供っぽく遊びに熱中してくれて。泥だらけになってしまったグレイスを呆れたような顔で見ることもないし、否定することも拒絶することもせずに一緒に洗濯場にまで付き合ってくれた。

「次は干すのかな？」

一生懸命絞った衣類を運んでくるメイドに声をかけて、立ち上がったアンセルが籠を受け取る。恐縮する彼女に「余計な手間をかけさせたから」とアンセルは屈託なく笑って籠を持って外に出た。

それからどこか少年みたいな笑顔を見せてグレイスを振り返った。

「それでグレイス、これはどうやって干すんだ？」

そのまま引っかければいいのか？

手にしているのはグレイスのペチコートだが、そんなものを持ってにこにこしている公爵など見たことも聞いたこともない。だが彼は本当に楽しそうだったから。

（……こういうところが好きなんだな、私……）

何にでも否定から入るのではなく、肯定から入ってくれるアンセルは、物事の本質をきちんと見極められる人だとそう思った。今この洗濯の件も、メイドたちの仕事を見て、重労働な部分は改良できるのではないかと、とても自然に考えている節がある。

偉そうに、ではなく。なのに威厳がないようには見えない。むしろ、使用人の誰もがアンセルを信頼しているし、私達の主は最高ですと心から忠誠を誓っているのがわかった。それだけアンセルは、世の中を公平に正しく見通せるのだろう。

他人をどん底に堕《お》としてしまえるほどの権力を持っているからこそ、私情でそれを振るい、掲げてはいけない。高潔であること。それがアンセルに課せられている使命のようなもので、彼はそれを十分に理解していた。

「グレイス？」

外で洗いたてのペチコートを持っている公爵、というどう考えても似つかわしくない光景にグレイスは笑いを噛み殺すと真っ直ぐに歩み寄った。

「それは結構固い生地で、ノリもかかってますから……そう、皺《しわ》を取るような感じで……」

「なるほど」

丁寧に生地を引っ張り、洗濯用の紐につるすアンセルを見ながら、グレイスはどうにも抑えが利かなくて、そっと近寄ると爪先立ちになった。

「アンセル様」

「うん？」

身を寄せるグレイスに、なんだろう？　とアンセルが顔を寄せる。その耳元に、グレイスはひそひそ声で囁いた。

「好きです」

「!?」

めったにないグレイスからのストレートな言葉と、頬に触れた柔らかな唇の感触に、アンセルが耳まで赤くなった。

「グ、グレイス……」

「さ、続き続き」

くるっと踵《きびす》を返して洗濯物を手に歩いていくから。

「グレイス……もう一度……もっと大きな声で……」

両手を前に出してよろよろと近づくアンセルに、彼女はにっこり微笑むと、口元を両手で囲って大声で叫んだ。

「はい、大好きですよ、アンセル様!」

その後、走ってきたアンセルに、グレイスはぎゅううううっと抱き締められることになるのだった。


泥まみれで笑って、百面相をしていたグレイスが、今は緊張した面持ちで舞踏室《ボールルーム》に入っていく。

大きく背中の開いたクリーム色のドレスはスカート部分が幾層にもなっていて、腰の辺りで高く持ち上げられた後ろの部分がひだ状になり、段を作って流れ落ちていた。下層部のレースの部分が歩く度にひらひらと揺れている。髪もいつものようなきっちりとした三つ編みを後頭部で巻いたスタイルではなく、舞踏会用にゆったりと編み込んだものを、ドレスと同じ、白の薔薇《ばら》をモチーフにしたヘッドドレスで斜めに留める仕様だ。

頭を振ったら全部解ける、と嘆くグレイスにミリィは「大丈夫です、見えない場所でしっかりピンで串刺しにしてますから」と頼もしい笑顔で断言してくれた。実際、浮いている部分がふわふわしているだけでどうにか持ちこたえそうな気はしている。……いや、そもそも激しく頭を振るような事態などないのが普通なのだが。

そんなどこもかしこも白系で統一されているグレイスの、耳元、首元、指にはこのハウスパーティ最大の目的であるヒューイット宝飾店の作品が光り輝いていた。

舞踏室いっぱいに降り注ぐシャンデリアの光の中、緊張、と顔の中央にでかでかと書いて歩いてくるグレイスに、スノー侯爵やケインとのんびり話をしていたアンセルが会話もそこそこにすっ飛んできた。本当はエスコートしたかったのだが、お客様を放っておけません、とグレイスが言い張ったのでこうして彼女の準備が終わるまで待っていたのだ。

ここにいるのは身内ばかりで、特にダンスをするわけでもなく舞踏室に集まっているのも、全員の注目を一身に浴びる晩餐会は絶対に嫌だとグレイスが言い張ったためである。

あちこちに知り合いが点在し、置かれたテーブルから好きな物を摘まんでお酒を飲んで、時折踊ったり談笑している中にそっと登場すればいいかな、と考えたのだ。だが、グレイス感知器が搭載されているとしか思えない速さで、妻の元に駆け寄ったアンセルのおかげで注目を浴びるのは回避できなかったが。

「アンセル様……」

「グレイス」

「ど、どうでしょうか？」

引きつり、ぎこちない笑みを浮かべる妻の手を取って持ち上げ、そこに輝く指輪に目を細める。

仰々しいほど巨大な石を重苦しい金で縁取ったようなジュエリー達が、今や見違えるようになっている。グレイスの細い指を飾るのは大粒のサファイアである。だが地金は銀色で細く、大きな宝石を取り巻くよう、小さな色とりどりの宝石がそれを取り囲むよう不規則に並んでいた。

そっと視線を上げるとグレイスにしては珍しく、大きく開いた胸元に、指輪と同じような、大きなカットの宝石を小さな宝石が取り囲むデザインのネックレスが光り輝いていた。指輪と違って、大きな宝石にはルビーやダイヤモンド、エメラルド、オパールなど多色なものが使われている。

「まるで……花畑みたいだな」

思わずそう告げてグレイスの顔を見ると、彼女が嬉しそうにへにょりと笑った。

「はい。野原みたいですよね？」

こて、と首を傾げるときらり、と耳元でダイヤモンドのイヤリングが揺れ、それもまたダイヤを中心に小さな宝石が花弁のようについているのに気が付いた。アンセルがそっと指を伸ばす。それは白いハート形の花の連なりのようで。

「……これは食べたら美味《おい》しい花かな？」

初めて彼から貰った花を思い出してグレイスは思わず吹き出す。

「そのうち、アンセル様にご馳走《ちそう》しますね。ナズナの天ぷら」

イタズラっぽく片目を瞑《つむ》ってみせるグレイスに、アンセルがたまらずちゅっとキスをする。ぼん、とグレイスがデコルテまで真っ赤になった。

「ア、アンセル様ッ!?」

「もういいだろう、お披露目なんか必要ない。今すぐ寝室に行こう。それがいい」

「だ、だだ、駄目ですよ!? ちゃんとアマンダさんやシャーロットにお礼を言わないと」

グレイスの腕を取って舞踏室から出ていこうとするアンセルを大急ぎで諫《いさ》めると、彼は舞踏室の連中に背を向けたままふむっと天井を見上げた。それからうん、と一つ頷く。

「では光の速さで終わらせよう」

「え?」

ひょいっとグレイスを抱き上げ、驚く彼女にもう一度キスをして、彼は堂々と集まる人々に向かって歩き始めた。

「ア、アンセル様!?」

「さて、お集まりの皆様。ここにいるミズ・アマンダとレディ・シャーロットのおかげで我がラングドン家の宝石類は見違えるようになりました。ご尽力くださった皆様に感謝と、今後のヒューイット宝飾店の繁栄を願って、これらのデザインを見ていただきたいのですが」

こほん、と咳《せき》払いをして言葉を区切るも、アンセルの歩みは止まらない。必死に笑いを噛み殺しているスノー侯爵や、「またかぁ」と遠い目をするケイン。にこにこ笑うソードレーン男爵と、一心不乱にスケッチをするシャーロット。その腕にしがみついて目をキラキラさせるティナ。生暖かい眼差しのアマンダとキアラの間を颯爽と通り抜け、微笑む社交界の古株の前でターンしてみせた。ふわっと、腕から零れているグレイスのドレスが膨らむ。

「おそらく皆様も会話に花を咲かせる方がお忙しいと思いますので、我が妻の自慢はこれくらいにしておきます。あとはどうぞご自由にご歓談を」

そのまますたすた舞踏室を横切っていくから。

「アンセル様ッ！」

「何かな、グレイス」

「何かな、じゃありません！　なんですか、あれ⁉　見てください、皆様白けて――」

もがくように身を持ち上げ、腕の向こうを振り返ったグレイスはぽかんとする。全員……そう、あのメレディスやケインですらあっさりとアンセルが言うところの『ご歓談』をしているから。

「これは内輪の集まりみたいなものだからね。あとは母上と姉上がなんとかしてくれるだろう」

こんなの絶対、公爵家の舞踏会じゃない、絶対チガウとグレイスは力一杯思う。

思うがでも。

「……せっかく綺麗にしてきたのに」

ぶすっと不満げに告げるグレイスに、アンセルが甘く甘く……グレイスが身体の芯から溶けそうな笑顔と声で囁いた。

「ではわたしのためだけに、その装いを見せてくれないかな？」

甘さに、ぶるっと身体が震える。

「……どこでですか？」

ちらっとうかがうようにアンセルを見上げれば、彼は愛《いと》しくてたまらないという表情でグレイスを見つめていた。

（ああもう本当に……この旦那様は……）

いつでもグレイスに甘いのに、時には強引にグレイスを振り回す。それでも絶対に嫌がることはしないのだ。いつでもいつでも、ずっとずっと。

グレイスの鼻先に、自分の鼻先をちょっと押し付けてアンセルが楽しそうに答えた。

「もちろん、わたしの寝室で」

あとがき

こんにちは、千石《せんごく》かのんです。この度は『一目惚れと言われたのに実は囮だと知った伯爵令嬢の三日間』の2をお手に取っていただきまして、誠にありがとうございます！

前回、勘違い、すれ違い、妄想大爆発を繰り広げていたグレイスとアンセルですが、結婚して落ち着いた公爵夫妻として社交界を練り歩いているのかというと全くそんなことなく（笑）今回も相変わらずの暴走っぷりとなりました。

引き続きイラストを八美《はちび》☆《す》先生が担当してくださり、真っ赤なドレスが素敵なグレイスとでれでれなアンセルをイラスト共々楽しんでいただけましたら幸いです。

プラス、なんとこの「一目惚れ囮」、藤谷陽子《ふじたにようこ》先生の手により、ゼロサムオンラインでコミカライズがスタートしております！　第三金曜更新ですので是非！　ちなみに私の一押しはミリィです（笑）。端々で可愛い動きをしております！　でも一番可愛いのはグレイスです～。一話の彼女に泣きそうになったのは内緒で。

べったりくっついているようで実はアンセルがグレイスを追ってばかりな二人ですが、これからもどうか、コミカライズ含めて応援よろしくお願いいたします。

一《ひと》目《め》惚《ぼ》れと言《い》われたのに
実《じつ》は囮《おとり》だと知《し》った伯《はく》爵《しゃく》令《れい》嬢《じょう》の三《みっ》日《か》間《かん》
2

千石かのん

2021年2月5日　初版発行

著者　千石かのん

発行者　野内雅宏

発行所　株式会社一迅社
〒160-0022　東京都新宿区新宿3-1-13　京王新宿追分ビル5F
電話　03-5312-7432(編集)
電話　03-5312-6150(販売)
発売元：株式会社講談社(講談社・一迅社)

印刷・製本　大日本印刷株式会社

DTP　株式会社三協美術

装丁　AFTERGLOW

ISBN978-4-7580-9332-3

●本書は「ムーンライトノベルズ」(http://mnlt.syosetu.com/)に掲載されていたものを改稿の上書籍化したものです。
●この作品はフィクションです。実際の人物・団体・事件などには関係ありません。

MELISSA